お兄様の花嫁

火崎 勇

white heart

講談社X文庫

目次

イラストレーション／篁ふみ

お兄様の花嫁

マルード湖は風光明媚《めいび》な場所だった。

大きな美しい湖は透明度が高く、天候も一年を通して安定し、暖かく、保養地として有名で、その南岸には観光地が広がっていた。

ボートハウスが連なり、大小のホテルが立ち並び、商店も多い。

貴族だけでなく、裕福な市民や、外国からの旅行客もあり、とても賑《にぎ》わっている。

だが、北岸は個人の別荘が点在し、その持ち主は皆高位貴族。

お隣まではかなりの距離があり、その間は自然、人工の森が隔てているので隣に誰が住んでいるかもわからない。

誰にも邪魔されることなくゆったりとした時間を過ごせる場所だ。

ヒバリ荘は、そんな別荘のうちの一つだった。

ヒバリ荘という可愛《かわい》い名前だけれど、白亜の大きな館《やかた》は、湖に面した大きな庭を持つ立派な建物だ。

ヒバリ荘の主人は、身分を隠した貴族の奥方。

もうずいぶんと長い間このヒバリ荘で暮らしているが、来客はほぼいない。届け物は多いようだけれど。

屋敷《やしき》の住人も少なく、今は黒髪の美しい奥様のフローリア様、娘のクレア、奥様の乳母のアンナ、他には料理人を始めとした数人の使用人しかいない。

穏《おだ》やかな時間が流れる、世俗と掛け離れた世界、それがヒバリ荘だ。

不思議な場所、と私はいつもそう思っていた。

私はこの家の娘なのに、教えられていないことが沢山《たくさん》。

まずはお母様《かあさま》のファミリーネーム。

まあこれはいいわ、お母様はお母様であって、侯爵夫人でも伯爵夫人でも、私がそう呼ばなければばならないことはないのだもの。

お父様《とうさま》の顔を一度も見たことがないのも不思議だった。

でもそのことについてはアンナから説明を受けた。

お母様はお父様を愛してらした。それはもう、世界で一番。

けれど、お兄様を産み、私を身ごもった時、お父様が何ということか浮気をなさったのだ。

しかも相手の女性は厚かましくもお母様にそれを告げにきたらしいのだ。昨夜はご主人が私の部屋に忘れ物をしました、とお父様のナイトガウンを届けたのだ。

お父様はその理由を尋ねたお母様に、何も説明ができなかった。

妊娠中だったお母様はあまりに大きなショックに、お家《うち》を出てこのヒバリ荘へ移ってらした、というわけ。

私をここで産み、ここでお父様を待った。

でも、お父様は迎えにいらっしゃらないまま今日まで経《た》ってしまった。

お父様からは贈り物は沢山届く。

でもご本人はいらっしゃらない。

アンナは『お忙しい方ですから』と言うけれど、お母様を放っておく理由にはならないと思うわ。

もっとも、三年ほどして迎えにいらしたお父様を追い返したのはお母様だったそうだけれど。

一日中お父様のことを考えてるほど愛してらっしゃるのに、家へ戻ろうとしないお母様も不思議だわ。

たった一度の過ちでも、愛しているからこそ許せないのかしら?

お母様をここに引き留める理由はもう一つあるのだけれど、それを知っていても、私なら愛する人の胸に戻りたいと思うだろう。

……恋をしたことはないけれど。

屋敷に勤める使用人達が三年ごとに替わるというのも不思議の一つね。

皆お母様の正体を知らないままここに雇われ、知らないまま離れてゆく。

でもみんなプロフェッショナルで、一流。

つまり我が家は裕福だ、ということだわ。

私のドレスも、着きれないくらい沢山作ってくださるし。何よりこのヒバリ荘の豪華さを見れば一目瞭然《いちもくりょうぜん》だわ。

そして我が家には使用人を長く勤めさせてはおけない秘密があるのだろう。

でも、私はそれ等《ら》の秘密には首を突っ込まないことに決めていた。

私が心掛けるべきはお母様のことだけだから。

美しくて優しくて、可哀想《かわいそう》なお母様。

すっかりお身体《からだ》を壊して一日中ベッドの上でお過ごしになっている。最近は少しお元気になられて、散歩ができるくらいになったけれど、今も毎日遠くを見つめていらっしゃる。

その視線の先には、迎えに来ないお父様がいるのだわ。

だから、私はアンナに言ってお父様に手紙を書いてもらった。

『奥様のご容体が悪くなりました。どうかお迎えにいらしてください』と。

お父様からの返事はすぐに届いた。

今とても忙しいから自分は迎えに行けないが、息子のローフェンを行かせる、と。

お父様の息子、ということは私のお兄様だ。

お兄様《にいさま》が来る。

それはなんて好都合な。

お兄様なら、きっとお母様のために尽力してくださるだろう。だって実の息子ですもの、母親のためなら何でもしてくれるはずよ。

してくれなかったら……。

お兄様の態度次第で、私は自分の行動を決めよう。

協力的なら秘密を話してもいいわ。でも非協力的だったら、よく教育してあげないと。

手紙にあった、お兄様が到着する日、私は朝から忙しかった。

お母様には何も知らせず、家の中を美しく飾った。

お母様の寝室にも、届けさせたピンクの花を飾った。

「まあクレア、どうしたの？　今日は新しい花を飾ったのね」

「ええ。今日はいいことがありそうだから」

ピンクはいいわ。

白いお母様の頬《ほお》に映《は》えて、顔色が明るく見えるもの。

「いいこと？　何かしら？」

「わからないわ。何もないかもしれないし、あるかもしれない。その程度の予感よ」

「ふふ……、あなたはいつも奇想天外な娘ね」

「ええ。そういう娘の方が楽しいでしょう？」

「そうね。嬉《うれ》しいことが起こることを期待するわ」

ベッドの中のお母様にキスしたら、自分の支度。

お母様があつらえてくれた新しいピンクのドレスを纏《まと》う。

私はお母様と同じ黒髪だからピンクよりもっと落ち着いた色の方が合うと思うのだけれど、お母様は私にピンクを着せたがった。

いつまでも私を小さな子供と思っていたいからね。

でも私本当は瞳《ひとみ》の色と合わせた青が好き。

明日は、青いドレスにしましょう。今日はお母様のため、ね。

応接室のテーブルは新しいクロス。

ここにも花を飾ってお迎えの支度。

「ねえ、アンナはお兄様にお会いしたことはあって？」

「はい」

「どんな方？」

「聡明《そうめい》な方でございます」

「優しいかしら？　お母様をお好きかしら？」

「それはもちろん、奥様を愛してらっしゃると思います。でも……」

「でも？」

「この様なこと……、許されますでしょうか？」

「まあ、何を心配してるの。全《すべ》てお母様のためよ。あなただってお母様をこのままにしておいていいとは思わないでしょう?」

「それは……」

アンナはまだ心配顔だった。

「大丈夫よ。でも約束どおり、私が言うまで何も言ってはダメよ」

「それはもちろんでございます。クレア様のおっしゃるとおりに」

「それじゃ、そろそろお茶の支度をして」

「はい。かしこまりました」

初めて会う『お兄様』。

どんな方かしら?

聡明だというけれど、落ち着いた方かしら? それとも元気な方?

本がお好きな方か、剣がお好きな方か、それとも遊び好き?

アンナが言うには、お母様よりお父様に似ているらしいけれど、お父様を知らないのだから想像ができない。

何時に到着するのかまでは指定されていなかったから、緊張しながらその時を待った。

やがて、召し使いがお兄様の来訪を告げた。

「アンナさん、お客様がお着きです」

召し使いの言葉に、アンナは慌てて「出迎えてまいります」と玄関へ向かった。

さて、どんな方がいらっしゃるのかしら？

応接間でドキドキしながら待っていると、話し声と共にドアが開いた。

「……からどういうことなんだ。母上に会う前に会わねばならない人間など、この屋敷にはいないだろう」

姿を見せたのは、黒い上着を羽織った金髪の青年だった。

お母様から、お父様は長い金髪を靡《なび》かせた緑の瞳の素敵な方で、光のようだったと聞かされていた。

でもお兄様の髪はそんなに長くはないわね。深い緑の瞳が素敵だけど。

「これは失礼、お客様がいらっしゃってるとは気づかなかったもので」

お兄様は私に気づくと声を穏やかなトーンに変え、私の手を取り、キスをした。

「客ではありません」

「客ではない？」

「アンナ、お茶を」

「かしこまりました」

アンナは、まだ少しおどおどしていたが、命令を受けて部屋を下がった。

「どうぞ、お座りになって」

椅子《いす》を勧めると、彼は訝《いぶか》しげな顔でテーブルの向《む》こう側《がわ》に腰を下ろした。私はその向かい側に座る。

向き合ってもう一度その顔を見ると、通った鼻筋、大きくてきりっとした瞳。とても素敵なお顔立ちだわ。

お父様が似てらっしゃるなら、お母様が愛し続けてらっしゃるのがよくわかるわね。

「失礼、レディ。あなたはこの家の客ではないとおっしゃったが、母のコンパニオンか何かなのかな?」

「いいえ」

「読書係?」

「いいえ」

「では医療関係者? そうは見えないが」

「違います」

アンナは予《あらかじ》め用意してあったお茶のセットが載ったトレイを持ってくると、テーブルの上に置いてそそくさと逃げていった。

それは私が命じたことだから、非礼ではない。

二人きりで話をしたいから、早々に退室して欲しいと言っておいたのだ。

私は再び立ち上がり、お茶を淹《い》れてお兄様に差し出してから、自分の分を淹れて椅子に戻った。

「こんなに美しい女性に迎えてもらえるなら、もう少しマシな格好をするんだったな」

「私は美しいですか？」

「それはもちろん。長い黒髪に湖のような青い瞳。社交界に出ればすぐに花形になるでしょう。社交界にはまだ出てらっしゃってませんよね？　お見かけしたことがない」

「ええ。母が病気なので」

「それは大変な」

「私、誰かに似ていると思います？」

彼はじっと私の顔を見てから、首を振った。

「いいえ。あなたほど美しい人は初めてです」

お世辞込みの言葉でも悪い気はしないわね。でもここでお母様を思い出さないのは、ちょっと失望だわ。

それとも私、アンナが言うほどお母様には似ていないのかしら？

「それで、あなたは誰なんです？　降参するから教えてください」

「私はクレアです」

名乗ってから、私は彼をじっと見つめた。

さあ、返事を頂戴《ちょうだい》。

お兄様の返事で、私はこれからのことを全て決めるわ。

「クレア……、何とおっしゃるんです？　ファミリーネームを」

「あなたと同じです」

「私と？」

「ええ、ローフェンお兄様。私、妹のクレアです」

彼は数秒思いを巡らせていたが、突然笑い出した。

「悪くない冗談だが、それは失礼すぎると思いませんか？」

「冗談ではありませんわ」

「では、フルネームで名乗ってみろ。ここの家の者は母上とアンナ以外、我が家の名を知る者はいない。あの二人が家の名を口にするとは思えない」

彼の態度が急変した。

さっきまでの探るようではあったが穏やかだった瞳が、険しくなる。

「ええ、そうなの。だから私、クレアという名前しかないのよ」

「何が目的で入り込んだのかは知らないが、今なら見過ごしてやろう。見たところ、悪くはない家の令嬢らしいし、アンナが気を遣っているようだから」

「この家の娘ですもの、アンナだって気を遣うに決まってますわ」

「まだ言うのか。私に妹はいない」

「いない？」

「そうだ。我が家には私しか子供はいない。妹など、聞いたことがない」

「それはお父様がそう言ってらっしゃるの？」

「『私の父』はそう言っている」

自分の父親を『お父様』と呼ぶな、という態度。

そう。

でもそうなの。

お父様はそういう態度なの。

「妹はいたけれど、お父様があなたに隠していた、とは考えないのかしら？」

「『私の父』が私にそのようなことを隠す理由がない」

お父様はクレアという娘の存在を黙殺した。だからお兄様はそのことについて何も知らないし、もしかしてと疑うこともしない。

これが答えなのね。

「さあ、さっさと出ていけ。私が来ることを知って慌てて入り込んだんだろうが……」

「私はもうずっとここで暮らしているのよ、お兄様」

「私を兄と呼ぶことは許さない。……何だって？　ずっと？」

「ええ、そう。使用人に訊《き》いてもいいわ。もちろん、アンナにも、お母様にも」

「母に会ったのか？」

「毎日会ってますわ。今日もお部屋にお花を届けに行きましたもの」

「貴様……！」

立ち上がろうとしたお兄様を手で制し、私は紅茶で喉《のど》を湿らせた。

「お父様が浮気をなさったことはご存じ？」

その一言で、彼の態度がまた変わる。

怒るべきか、恥じるべきか、悩んでいる顔だ。

「お前には関係ない」

「妹を『お前』呼ばわりは失礼よ」

「お前は妹ではない。どこかの令嬢でもない、名乗らないのだから。今のところ、お前は得体の知れぬ騙《かた》りの女だ」

「まあ、失礼。でもいいわ、今からちゃんと説明します。その後でもう一度ゆっくり話をしましょう。それで、お父様が浮気をしたのはご存じ？　私は知ってるわ」

「……過去にそのようなことはあったかもしれない」

私が知っている、と言ったので、彼は不承不承認めた。

「それが理由で、お母様がヒバリ荘にいらしたことも？」

「だから何だと言うんだ」

「その時、お母様のお腹《なか》にいたのが、私よ」

「何?」

お兄様の顔が固まった。

「私を産んで、暫《しばら》くしてお母様はお身体を壊されたの。お父様は一度迎えにいらしたらしいわ、アンナによると」

「アンナがそんなことを話したのか?」

「主人の娘ですもの、当然でしょう? お母様はお父様が許せなかったのか、お身体が悪いからご自分で戻れないと判断なさったか、それともお父様がそう決めたのか。そこはお二人の間の話だからわからないけれど、とにかくその時にお父様を追い返してから、お父様は一度もいらしてくださらなかった」

「父は仕事が忙しいのだ」

「どんなに仕事が忙しくたって、少しぐらい会いに来ることはできるでしょう。それにお兄様、あなたもよ」

「私?」

「どうして一度でも会いに来てくださらなかったの? そうしたら『クレア』という妹の存在だって、もっと早くにわかったでしょうに」

「父に止められたからだ。母の具合が悪いので、会いに行くことはならん、と」

「それでも、お母様を愛してらしたなら、お父様に内緒で、こっそり会いに来ることぐらいできたでしょう」

「それは……。母にも怒りは感じていたからだ」

「怒り？」

「たった一度の過ちのせいで、自分の役目を捨てるなんて、妻としての心構えがない」

まあ、なんて酷《ひど》い言い方。

「男の人ってみんなそうなの？　仕事と言えば何でも理由になると考えてる。自分の過ちは棚に上げ、悪いのは全て相手。愛情を示すのは贈り物と広い屋敷で十分だと思ってる」

「お前は何も知らないからだ」

「ええ、私は何も知らないわ。でもあなたの知らないことを知っていてよ、お兄様」

「兄と呼ぶな」

「では何と呼んでほしいの？　ローフェン」

「呼び捨てにするな」

「兄妹《きょうだい》なのに『様』を付けろ、と？　王族じゃあるまいし。『お兄様』か『ローフェン』か、選ばせてさしあげるわ」

彼は暫く悩んだ後、ポツリと答えた。

「……ローフェンで」

「では、私のこともクレアで結構」

「母の容体が悪い、と知らせてきたのは嘘《うそ》か？」

「いいえ。ここ、二、三年本当に悪かったの。ベッドから身体を起こすことさえできなかったわ。でもここのところは調子がよくて、庭ぐらいなら散歩もできるようになったわ。だから私がアンナに頼んでお父様に手紙を書いてもらったのよ。『とても具合が悪い』と。それでお父様がいらしてくれれば、と思って」

「父は来ない」

「何故《なぜ》？」

「仕事が忙しいからだ」

「また仕事」

「女のお前にはわからないだろうが、男の仕事は一人でするものではない。父が仕事を放り出せば多くの者が困る。母のことは私的な問題だ。私的なことで他人に迷惑をかけることは許されないのだ」

……まあ、それは少しわかるわ。

この家がどの程度の爵位かはわからないけれど、これだけお母様が裕福な暮らしをしているのだから、相当な領地を持っているだろう。

領主が仕事を放り出せば領民が困る。

「それでお父様は仕事を放り出さない代わりにあなたを送り込んだのね」

「いいや」

「『いいや』？」

「本当は私の代理が来るはずだったが、お前の言うように、『父に内緒でこっそりと』やってきたのだ。言えば反対するだろうからな」

この期に及んでまだ代理を送るつもりだったのね。

「どうして反対するの？」

「それは私にもわからない。だが父は私にヒバリ荘へ行くことを止めていた」

「そう……」

「母上は？」

「今日はご機嫌がいいわ」

「会わせろ」

「もちろん。会いたいと思って欲しかったのだもの、すぐにでも」

「母上に会えば、お前が偽者だとすぐにわかるがな」

彼は悪い顔でにやりと笑った。

「ええ、私が本物だって、ね」

でも怯《ひる》むわけがない。

「こっちよ。ああ、その上着は脱いで」

「何故だ」

「馬でいらしたのでしょう？　上着に泥や埃《ほこり》がついてるわ。お母様は喉がお弱いの。お部屋に汚れを持ち込みたくないのよ」

その理由には納得したのか、彼はすぐに黒い上着を脱いで白いシャツ姿になった。

「これでいいだろう」

「ええ。よくできました。さ、どうぞ」

応接室を出て、右手に向かう。

お母様のお部屋は、湖と森の両方が見える東向きの一番いい部屋だ。

彼は本当にヒバリ荘に来るのが初めてらしく、廊下を歩いている間、ずっと辺りを見回していた。

母親が暮らす場所が、快適かどうかを確認しているのか、過ぎた贅沢《ぜいたく》かどうかをチェックしているのか。

前者だといいけど。

「ここよ」

ヒバリの飾りが彫り込まれている白い扉の前で足を止める。

「呼ぶまで入ってこないで」

「打ち合わせをするつもりか？」

「お母様を驚かせたいの。心配なら、扉を開けたままにしておいていいわ」

「そうしよう」

私はドアをノックしてから開けた。

「お母様、ご機嫌はいかが？」

お母様はベッドの上に身体を起こし、本を開いていた。

「とてもいいわ、クレア。午後に散歩もできそうよ」

私は近づいてお母様の頬にキスした。

「今朝、お母様に『いいこと』が起きるかもしれないとお話ししたでしょう？　私の予感は当たったわ」

「まあ、どんないいことがあったの？　リスでも捕まえた？　それとも、ハリネズミでも見つけたのかしら？」

「いいえ。お兄様がいらしたの」

「お兄様……？」

お母様が一瞬遠い目をしたので、私はベッドに座ってお母様の手を握った。

「ローフェンよ。お家に残してきた息子」

「ローフェン……」

「会いたい？」

「もちろんよ。最後に見た時には、まだ小さい子供だったわ。あの人に似て、金髪なの。あなたは私に似て黒髪だけれど。巻き毛がすぐに渦になってしまうので、乳母が毎朝ブラッシングしてたわ。それが嫌いでね」

「それは初耳だわ。でも今は巻き毛じゃなかったわね。呼んでもよろしい？　そこで待っているの」

「もちろんよ」

お母様の顔がパッと輝いた。

「お兄様、どうぞ」

私の声に応《こた》えて、ローフェンが姿を見せた。

戸口に立ったまま、じっとお母様を見つめている。

お母様も、じっとローフェンを見つめた。

「まあ……。スティードに……、お父様にそっくり」

その目が涙に潤《うる》む。

「ローフェン。本当にローフェンなのね？　こっちへ来て、もっと顔をよく見せて」

お母様が手を差《さ》し伸《の》べると、彼はゆっくりと近づいてきた。

「母上」

私は自分が座っていた場所を彼に譲った。

おずおずとではあるけれど、彼はベッドに座り、お母様の手を握った。

「まあ、もう男の人の手ね」

「ずいぶん経ちましたから」

「ずっと会いたかったわ」

「仕事が忙しかったんです。父上も」

「ええ、わかってますよ。あの方はいつも忙しくて……。ごめんなさいね、私が身体を壊してしまったから」

「いいえ。お一人で寂《さび》しかったでしょう」

「大丈夫よ。アンナもいてくれたし、何よりクレアがいるわ」

お母様は、私に向かって微笑《ほほえ》みかけた。

「クレアとはこれが初めてになるのね？」

「……ええ」

「あなたの妹よ。私に似ているでしょう？」

「……そんなには」

「あら、そう？　私はとても似ていると思っているのに……」

お母様が寂しそうに視線を落とすと、彼はすぐに前言撤回した。

「いや、母上のお若い頃には似ているのかもしれませんが、私は母上に会うのが久しぶりなので……。けれど肖像画はずっと父上の部屋に飾ってありました」

「まあ、私の？」

「ええ。私の部屋にもあります」

「恥ずかしいわ。もっと他に可愛いお嬢さんの絵でも飾ればいいのに。そうだわ、今度はクレアの絵を飾りなさいな」

「クレアの？」

「あら、それはダメですわ、お母様。私、まだ肖像画を描いてもらったことがありませんもの。それに、若い女性の絵は、いつかお兄様の花嫁になる方がお気になさるわ」

私が口を挟《はさ》むと、二人揃《そろ》って視線をこちらに向けた。

「そうね。ローフェンはそろそろお年頃ですものね。でもクレアの肖像を描いていなかったのは失念したわ。ああ、ローフェンの滞在中に私達三人の肖像画を描いてもらったらどうかしら？」

「あら、だめよ。家族の肖像にするなら、お父様がいらっしゃらないと。きっとすねてしまうわ」

私の言葉に、お母様はクスッと笑った。

「そうね。あの方は少し子供っぽいところがあるから」

「それに、お兄様も長くは逗留《とうりゅう》できないと思うし」

「いや、私は暫くいるつもりだ」

「まあ本当？」

お母様は素直に喜びの声を上げた。

でも私は彼がちらりと私の方へ向けた視線を見逃さなかった。

彼は、まだ私を疑っているのだわ。だからここに残って尻尾《しっぽ》を摑《つか》もうというのだわ。

でもどんな理由でも、お兄様が残ってくれるのは大歓迎よ。

「ずいぶんとご無沙汰《ぶさた》してしまいましたからね。ずっと、というわけにはいきませんが、暫くは逗留させてください」

「ええ、もちろんよ。ああ、嬉しい」

「よかったわね、お母様。では今は少しお休みになって」

「クレア、でも……」

「もっとお兄様とお話ししたいのでしょう？　ですから、お昼はお庭でランチにしましょう。お身体を休めて、調子がよければボートを出してもらってもいいわ」

「ボートは嫌」

お母様は顔色を変えた。

「ボートは嫌いよ」

「ああ、そうね。でも湖畔のピクニックは素敵でしょう？」

「ええ、そうね。外での食事は魅力的だわ」

「でしたら、少し休みましょう。お昼まで」

「そうするわ。ローフェン、続きはその時にしましょう」

「……母上はクレアの言いなりですね」

彼は不服そうに呟《つぶや》いた。

「まあ、言いなりだなんて。クレアは私のことを心配してくれるのよ。兄と妹なんだから、仲良くなさい」

「ですが……」

「もちろんよ、お母様。ランチまで、お兄様をお借りしますわ。ランチにはお母様が独占できるように」

何か言いかけたローフェンの言葉を遮《さえぎ》り、私は面会の終わりを告げた。

「何もかも一気に楽しむには、まだ体力が足りないのよ」

中断させた理由を告げると、彼は納得したようにため息をついた。

「そうしましょう、母上。ランチを楽しみにしています」

軽くお母様の手を叩《たた》くと、彼も立ち上がった。

「ええ、楽しみにしているわ」

私が先に立ち、ドアを開ける。

彼は屈《かが》み込《こ》んでお母様の頬にキスすると、素直に私に従って部屋を出た。

廊下に出て、扉を閉めたところで振り向き、『どう？』という顔をする。

「私は嘘つきの騙りかしら？」

ローフェンは難しい顔をしてたけれど、無言だった。

「それじゃ、応接間に戻って、話の続きをしましょう」

「話の続き？」

「暫くここに逗留なさるんでしょう？　だったらお母様の体調とか、色々と説明したいことがあるのよ。お兄様……、じゃない、ローフェンも私に訊きたいことがあるでしょう」

「……そうだな」

「じゃ、お茶の続きを。もう冷めてるでしょうから、新しいものを運んでもらってね」

「……ああ」

応接間に移動してから、私はまずお母様の本当の体調について改めて詳しく説明した。

ここにいらしてからどんどんと体調を崩し、食も細くなり、一時は枕《まくら》も上がらないくらいだった。

けれどここ二、三年は少しずつよくなってきている、と。

「特に今年はだいぶいいの。私と一緒なら散歩もしてくださるわ」

「医師には診せているのか？」

「半年に一回、お父様の送ってくるダントン医師が診ているわ。ご存じ？　お髭《ひげ》のお医者様よ」

「いいや、知らないな」

ローフェンはさっきと同じように長椅子に座っていたけれど、疲れたように身体を背もたれに預けるという砕けた態度になっていた。

お行儀は悪いけれど、兄妹なのだからまあいいでしょう。

「ダントン先生がおっしゃるには、今年は今までで一番いいそうよ。これなら色んなことが快方に向かう可能性が高い、と。だからお父様を呼んだの」

「父が来たらどうなるというんだ？」

「もちろん、側《そば》にいていただくためよ。私だけではダメなの。お父様でないと」

ローフェンはじっと私を見た。

「何？」

「お前を妹だとはまだ思えない。母上は何か思い違いをしてるんじゃないか？」

「しつこいわね。でもいいわ。疑うなら疑っても。でも、お母様の前ではそういう態度はしないで。兄妹がいがみあっているなんて、悲しませるだけだから。お母様は、お身体だけでなく、お心も弱いのよ」

「だろうな。たった一度の……」

「ローフェン」

またその言い草？　と睨《にら》みつけると、彼は口を閉じた。

お母様本人にお会いして『母も悪い』という考えは少し鈍ったようだ。

「お前の望みは何だ？」

「私？」

「母に親切にして、どんな見返りが欲しい？」

「別に。欲しいものは何もないわ」

「そんなわけはないだろう。見ず知らずの婦人の世話を無償でする人間はいない」

「あら、寂しい人間関係ね。私はそういう献身的な人間がいることを知っているわ。でも私はお母様が好きだからしているのよ」

「そのドレスは母が作ったんだろう？」

「ええ。他にもいっぱいあるわ」

「それを持って出ていく気は？」

「お母様を一人にはできないわ。それに、ドレスが欲しいとねだったこともありません」

「宝石は？　欲しくはないか？」

にやり、と悪い笑みを浮かべて訊いてくる。

返事はもちろん、決まってるわ。

「いらないわ」

「どんな宝石も？」

「これっぽっちも。この家で暮らしている限り、着けていく先がないもの」

「売れば金になる」

「お金に困った生活はしていません。もういい加減に私を妹と認めたらいかが？」

「いいや、認められないな」

「意固地ね」

呆《あき》れて言うと、彼はムッとした。

「意固地なわけではない」

「お母様が私を娘と認めているのは確認したでしょう。なのに、そういう態度を取るのが意固地以外の何だと言うの？」

彼は身体を起こし、身を乗り出した。

「お前が信じられない理由があるからだ」

「どんな？」

「それを確かめるためにアンナを呼べ」

「いいわよ」

何を考えているのかわからないが、私はベルを鳴らしてアンナを呼んだ。

「お兄様があなたに話があるんですって」

と言うと、彼女は少し緊張した顔をした。

「何でございましょう」

ローフェンは彼女に向き直り、強い口調で尋ねた。

「ここにいる女性が、私の妹だと名乗っていることをどう思う？」

アンナは深呼吸を一つしてから、答えた。

「そのとおりでございます」

「母の娘だと言うのか？」

「はい」

淀《よど》みのない返事に、彼はアテが外れた、という顔をした。

きっとアンナを問い詰めれば真実がわかる、とでも思っていたのだろう。

「我が家のことを、この娘に話していないそうだが？」

「はい。それは奥様がおっしゃらないので、私から申し上げてはいけないと思いまして」

「何故母上が口にしないと思う？」

「それは……。色々なことを思い出したくないからではないかと」

その返事に彼は顔を歪《ゆが》めた。

「だが、我が家の娘であれば、相応の教育を受けなければならない。この娘が教育を受けているとは思えない。それは、娘として認めるつもりがないからではないのか？」

「いいえ、とんでもございません。クレア様は大層頭のよい方ですし、お作法も完璧《かんぺき》でございます」

即座の否定に、彼は私を見た。

「ええ。一とおりのことはできてよ」

どこからか入り込んだ娘なら、貴族としての教養に欠けるだろうと思って、それを偽者の証拠にしたかったのね。

「ダンスもピアノも朗読も、何でもできますわ。今はお母様のために毎日本を読んでさしあげてるわ」

答えると、彼はまたすぐにアンナに視線を戻した。

「しかし、もし本物であれば、こんなところに置いておかず社交界にデビューさせるなり何なりを考えるべきではないのか？」

「それは私が答えるわ」

アンナが答える前に、私がその質問を引き取った。

「私もこの間まで喘息《ぜんそく》を患《わずら》っていたの。だから外に出たいとは思わなかったわ。それに、私までお父様のところへ行ってしまったら、お母様は本当に一人になってしまうでしょう？　誰も訪ねてこないのだから」

最後の一言は厭味《いやみ》だ。

私のことをどうこう言うのなら、どうしてもっと早くに様子を見にこなかったのか、という。

「アンナ。お前は本当に彼女が私の妹だと言うのだな？」

もう一度、強く問いただしたが、アンナの返事は変わらなかった。

「はい」

それで、アンナに対する詰問《きつもん》は終わりだった。

「わかった。もう行っていい」

彼が終わればその後は私がアンナに言葉を向けた。

「ああ、アンナ。お昼はお庭で食べるから、そのようにして頂戴」

「テーブルをお出ししますか？」

「いいえ、ラグを敷いてくれればいいわ。その方が楽でしょう。その代わり、クッションをいっぱい用意して。それから、鱒《ます》のパイを出して。お母様はあれがお好きだから」

「はい」

「お兄様は、私に兄と呼ばれたくないそうだから、ローフェンと呼ぶけれど、気にしないでね。お母様の前では『お兄様』と呼ぶから」

「はい」

「あと、ローフェンは暫く逗留するそうよ。お部屋には私が案内するわ」

「こちらに逗留、ですか?」

何故かそれには彼女が驚いた。

「ローフェン様、お仕事は……?」

「領地の視察だとでも言っておく。私はまだこの娘を妹とは認めていない。身元の知れぬ娘と母上を二人きりにはしておけない」

「よかったわね、アンナ。理由はどうであれ、お母様は息子と一緒に過ごせるのよ」

アンナの一番は決まっている。

お母様だ。

アンナはお母様の結婚前からずっとお母様に仕えていて、王様より、神様よりお母様が大切と思っている。

だから、お母様にとってよいこと、には喜びを見せた。

「さようでございますね。奥様はとても喜ばれると思います。ありがとうございます、ローフェン様」

「では、下がっていいわ」

今度こそ、会話を終え、彼女は私達に頭を下げて出ていった。

「お部屋に案内しますわ。きっと感動してよ」

「何故私が部屋に案内されるだけで感動しなければならない？」

「見ればわかるわよ。それから、もう一度強く言っておくけれど、お母様の前では仲のよい兄妹でいらしてね。たとえそれがお芝居であったとしても」

ローフェンは頷《うなず》いた。

「その点については、同意しよう」

今度は承諾をはっきりと言葉に出して。


お母様の寝室は一階だったけれど、私の部屋は二階にあった。

小さな子供が勝手に外へ出ないように、という配慮だったのだろう。なので小さい頃には階段のところに柵《さく》があったそうだ。

可愛らしいイチゴの花が描かれた壁紙、ピンク色のベッド、大きな窓の下の方には転落防止の木の柵が残っている。

その窓にかかるのは白いレースと、アイボリーの厚手のものと二重になったカーテン。

クローゼットとドレッサーは白で、金具はどれもお花の意匠《いしょう》があった。

可愛らしい、女の子らしいお部屋。

そしてその隣は、アイビーの壁紙の部屋。

置かれた家具は木目を活《い》かした重厚なものが多く、ベッドカバーは緑。

そう。そこはローフェンのための部屋だった。

一度も訪ねてこなくても、いつかは来るかもしれないと、全て用意されていたのだ。

彼が年を取るたびに、着てもらえない服を新調し、クローゼットをいっぱいにして。

当然、お父様の部屋もあった。

お母様の寝室の隣に。

彼の部屋へ案内すると、ローフェンはゆっくりと部屋の中を歩き、一つ一つ棚や引き出しを開けて回った。

本棚には冒険ものの本から図鑑、歴史書に政治の本。子供の読み物から大人の本までが並んでいる。

『いつか』を夢見てお母様が買い揃え続けたのがわかるラインナップ。

彼はクローゼットの中から緑の上着を出して袖《そで》を通した。

「ぴったりだ」

当たり前よ。アンナがちゃんと実家に残っている侍女に毎年サイズを訊いていたのだから。

「とてもよくお似合いだわ。ランチに着ていかれると喜んでよ」

「……そうしよう」

さっき私を詰問した激しさはもう微塵《みじん》もない。お母様の愛情を噛《か》み締《し》めている、という風情だ。

「お前の部屋は？」

「隣よ」

「見せてくれ」

私はちょっと考えてから「いいわ」と頷いた。女性の私室に独身の男性を入れるのには抵抗があるが、彼はお兄様だもの。

私は隣室へ続くドアを開けた。

「ここで二つの部屋は繋《つな》がっているの。でもあなたが私を妹と認めていないのだから、今夜からは鍵《かぎ》をかけさせてもらうわ」

「私の方からもかけよう。夜中に女性に迫られるのは趣味じゃない」

「兄を襲う趣味はないわ」

「兄妹ではないのだから、心配だな」

「お好きにどうぞ。鍵をかけてくれるのは歓迎するわ」

彼は、自分の部屋を見た時と同じように、私の部屋を見て回った。

流石《さすが》に引き出しやクローゼットの扉を開けるようなことはしなかったけれど。

「急ごしらえで作った部屋には見えないな」

なるほど、それをチェックしたかったのね。

「私はお前が妹とは認めていない」

「もうそれは聞き飽きたわ」

「母上がお前を側に置くのは、お寂しかったからだろう。私が側にいて、そんな必要もないとわかれば、お前はお払い箱だ」

彼はにやりと笑った。

勝つ気満々ね。

「そうなればいいわね。お手並み拝見させていただくわ」

でも別にそんなことで動じはしない。

「余裕だな」

「別に。それで、他に訊きたいことはありまして？」

「特にはない」

「それじゃ、お昼に呼びに来るから。ランチは外よ」

「わかった。訪れる時は、廊下からにしてくれ」

しつこいわね……。

「ではローフェン。また後で」

私は彼の目の前で続き間の扉を閉め、音高く鍵をかけた。

やれやれだわ。

私は椅子に腰を下ろし、ため息をついた。

邂逅《かいこう》はまあまあね。

もっと穏やかで優しい人かと想像していたけれど、プライドの高そうな、気の強い人だったわ。

でもお母様を愛しているのはわかった。それにはほっと一安心だわ。お母様を嫌っていることも考えないではなかったから。

私のことを簡単に妹と認めてくれないのは想定済みだった。

でも、お母様の言葉を聞けば信じると思ったのに。

そうしたら、二人でこれからのことをゆっくり話し合えると思っていたのだけれど、今すぐは無理そうね。

彼とは、話したいことも訊きたいことも沢山あった。

なるべく早く、そういう時間を作らないと。

「さて、ランチの支度を手伝わなくちゃ」

私はパン、と膝《ひざ》を叩いて立ち上がった。

乳母が見たらはしたないと言われる行動だわね、と自分で自分を笑いながら。


どうやら、ローフェンは本気で私と争うつもりのようだった。

戦いの始まりはランチの前、時間が来たので彼を呼び、二人でお母様の部屋へ向かった時から。

お母様の移動には車椅子を使う。ベッドから車椅子へは侍女と私が支えて移すのだが、彼は私をどかせると、軽々とお母様を抱き上げた。

「男の方が頼りになるでしょう」

といらない一言を付け加えて。

ただ、車椅子の扱いには慣れていないし、どこの動線を通れば庭に出られるのかを知らないので、車椅子を押すのは私の係となった。

彼は私の手元をじっと見ていたから、明日には自分が押したいと言い出すだろう。

庭に敷いたラグの上には既にランチの用意がしてあり、山ほどのクッションが置かれている。

「お兄様、お母様をあちらに」

と言うと、彼はお母様を抱き上げてクッションの上へ下ろした。

「嬉しいわ。ローフェンが私の世話をしてくれるなんて」

「当然です。遅すぎたくらいです」

「いいのよ、今いてくれるだけで」

ここでも、彼はいち早くお母様の隣に座った。

「メイドは？」

湖を望む庭先にいるのは私達三人だけ。それが不思議だったのだろう。

「呼ばないわ」

「給仕は誰がやるんだ？」

「私よ。というか、必要ないわ。簡単なものだもの。お母様、お茶いかが？」

「いただくわ。ローフェンもいかが？　クレアのお茶はとても美味《おい》しいのよ」

「ではいただきましょう」

食事は簡単なサンドイッチとお茶、それに温野菜と鱒のパイ。

「食後にケーキを焼いたのよ。サンドイッチを三つ以上召し上がったら出しますわ」

「もったいつけずにすぐに出せばいいだろう」

「お食事が優先よ、お母様は食が細いから、先にケーキを召し上がったらお食事が入らなくなってしまうわ」

私の返事を受けて、彼はふいっと横を向いた。

言ってることは伝わったのよね？

「何か食べたいものはありませんか？　母上が望むものなら何でも取り寄せますよ」

「ありがとう。でも、あまり食欲がないのよ。クレアが作ってくれるケーキは好きだけれどね」

お母様が私に笑いかけると、ローフェンが一瞬無表情になり、すぐに笑みを浮かべた。

「私も料理をしますよ」

「まあ、あなたが？」

「狩りの時に肉を焼いたり、視察の時に釣った魚を焼いたりします。一度振る舞いたいのですが、それなら食べてくださいますか？」

「ええ、もちろん。ローフェンが作るお料理なら、きっと美味しくいただけるわ」

……これって。

ひょっとしてここでも私に張り合っている？

私がケーキを焼いたから、自分は料理を作ると言いたいの？

お母様を今まで放っておいたクセに、いきなりの展開ね。

まあ、お母様が喜ぶのならいいけれど。

その後、ローフェンはずっとお母様に話しかけていたが、私に向ける言葉はなかった。

食事の世話をしたり、子供の頃の話をしたり、ここでの生活はどうかと尋ねたり。終始お母様を喜ばせるような話をしていた。

私は口を挟まず、にこにこと笑って彼の話を聞いていた。

お母様が楽しそうにしてらしたから、私も楽しまなければ。

お食事が終わると、お母様は笑いすぎて疲れたとおっしゃって、すぐにお部屋へ戻られた。

もちろん、私とローフェンが部屋まで送り届けて。

お母様を休ませるために、一緒に退室しましょうと言った時、彼は不満そうな顔をしたが、とりあえずは従ってくれた。

それから二人で、居間に行き、一息ついた。

応接間より簡素だがゆったりとした広さの部屋で、また向かい合って座る。

「これで夕食までは何もイベントはないわ。どうぞ好きに過ごされてくださいな。夕食はちゃんとした料理人が作るディナーだけれど、お母様はお部屋で召し上がるの。もしご一緒したいならアンナにそう伝えて」

「お前も同席しないのか？」

「私は食堂で食べるわ。お母様は騒がしいのが苦手なの。だから夜はお一人でゆっくり召し上がっていただいてるわ。でもお母様はあなたが来たことはとても喜んでいらっしゃるから、今夜はご一緒してもいいかも」

彼は考える様子で足を組んだ。

失礼にも見えるけれど、悠然と構えているようにも見えるわね。

「今、時間は？」

「お母様？　少しお休みになっていただかないと。あなたが来て興奮なさっていたから」

「いや、お前だ。少し訊きたいことがある」

「特に予定はないわ。どうぞ」

「母上の病状はどうなんだ？」

「お父様から何も聞いていらっしゃらないの？」

彼は一瞬ムッとしたが、意外と素直に頷いた。

「父上は私に何も教えてくれなかった。昼食を共にして、クレアが何者であっても、母上を真摯《しんし》に想《おも》っているようだし、母上はお前を必要としているようだ。だから腹を割って話した方がいいだろう」

妹であることを納得した、とは言わないのね。

でも進歩だわ。

「私が父から聞いたのは、母は色々あった結果、体調を崩して療養しているということだけだった。その病が何であるかの説明はなかった」

「疑問には思わなかったの？」

「特には思わなかった。病気であるということを知っていれば、病名を知る必要はない。病名を知ったからといって何ができるわけでもないしな。それに、父上がきちんと処理していると思っていた」

「会いたいとも？」

それには、彼の表情が少し動いた。

「会いたいとは思ったさ。だが私は跡取り息子だ。病が感染《うつ》る可能性があるのなら、避けなければならない」

責任、というものがあるのだという口ぶり。

不本意だけれど、それはわかる。

「お母様の病気は感染るようなものではないわ」

と言うのが精一杯。

「そこを聞きたいのだ。母上の病というのはどういうものなのだ？」

私は言葉を選びながら説明した。

「お母様は……、お心が弱いの。アンナが言うには、『あのこと』があってかららしいけれど、ここに来た時には一日中何もせずぼうっとしてらしたらしいわ。食事も召し上がらず動かないので、段々とお身体も弱っていった。それを伝えるとお父様がお医者様を寄越《よこ》してくださったわ。でもだめだった。私が生まれた後には少し持ち直したけれど……」

「またダメになった?」

「私、お父様がお迎えにいらしてくださると思ったわ。そうしたらきっとお母様は元気になられると思ったの」

「私では不満なようだな」

「子供は一時のお薬のようなものよ。あなたが来てくれてお母様は喜んだけれど、それだけ。本当にお元気になるためには、お父様が必要なのよ」

「だが父上は来ない」

「どうして?」

「仕事だ」

「お母様より仕事が大切なのね」

「仕事は何かと比べるためにするものではない。責任の伴うことだ。この問答はお前には理解できないだろうからもう止めよう」

　説明をしたくないのね。

彼がお父様について話してくれるようになったら、私を信用してくれた、という証明になるのでしょう。

「今はどうなんだ？　快方へ向かっているのか？」

それには答えられなかった。

いい方へは向かっているけれど、完全ではない。

「少しずつは。できれば、お母様には優しくしてさしあげて。明るい話題を選んで、悲しい過去は思い出させないで、身体に負担にならない程度に外へ連れ出して……。私はお医者様ではないから、それ以上詳しくは言えないわ」

「自分が、母を治した。母に自分が必要だ、とアピールはしないのか？」

「今のお母様に私が必要だとは思うわ。でもアピールするほどじゃないわ」

「家に連れていけ、とも言わない？」

「行かないわ。お父様にお会いしたいとは思うけれど、家に興味はないのよ」

「何故？」

「『何故』？」

「認められたいのだろう？　我が家に来て、我が家の娘になりたいのなら、家に行きたいと思うのが当然だ」

私は上手《うま》い答えを探すために一呼吸おいた。

「私、ここでの生活が好きよ。お母様がお元気になられればいいと思うわ。でもそれ以上は求めないの。全てはお母様がお元気になられた後に考えるわ」

ローフェンは暫く考えるように黙ってしまったが、気のせいでなければ少しその目が優しくなったように見える。

彼は、お母様から搾取《さくしゅ》しようとしている者が嫌いなのだろう。

でも私は何も望まない。何も欲しくない。

それが伝われば、彼の態度も軟化してくれるかもしれない。

「いいだろう。母上の前だけでなく、お前が私を兄と呼ぶことを許そう。ただし、お前を妹と認めたわけではない。どこで母上が聞いているかわからないからだ。私が滞在している間に、ご自分で自由に歩けるようにしてさしあげたいからな。医師はいつ来る？」

「ダントン先生は先週いらしたばかりだから、次にいらっしゃるのは五ヵ月後ね」

「そんなに間が空くのか？」

「いらしてもすることがないからよ。言ったでしょう、お母様のお身体は心が大切なの、もちろん、お熱を出した時などにはすぐにいらしていただけるわ」

「そうか」

彼は少し安心したように息を吐いた。

「お前は夕食までの間、何をするんだ？」

「私？　明日読んでさしあげる本を探したり、お夕食の手伝いをしたり、忙しいわ」

「夕食の手伝い？　ひょっとして料理をするのか？」

「ええ。最近習っているの、とても楽しいわ。……と言っても、まだできるのはスープぐらいだけれど。でも私が作った、と言うとお食事が進むの」

「ケーキもそうだったな。サンドイッチはあまり食べなかったが、ケーキは二切れも食べた」

よく見ていたのね。

「お前のすることを見てみたい。ついていっていいか？」

「どうぞ。大して楽しくもないでしょうけど」

会話はこれで終わりだ。

私が立ち上がると、彼も立ち上がり、私の後についてきた。

図書室へ行って本を選んでいる時も、アンナに夕飯の差配をしたり、侍女にお母様にお茶を届けるように命じたりする時も、ただ後ろでじっと見ていた。

厨房《ちゅうぼう》で、料理をしている時も。

「……あまり上手くはないな」

と呟きながら。

仕方ないじゃない。習い始めたばかりだもの。

監視する、というわけではないようだ。

本当にただ見ている、というだけだった。

やがて満足したのか、気づくとその姿は消えていた。

夕食は食堂で同席するかと思ったのだが、お母様と摂《と》るとのことだった。

そのまま、私が自室へ戻るまでローフェンと顔を会わせることはなかった。もちろん、部屋に戻っても、彼が訪ねてくるようなこともない。

ベッドに入って布団を被《かぶ》ると、肩の力が抜けた。

長かった一日。

どうなることかと思ったけれど、何とか乗り切れたわ。

でも今日だけじゃないのよ。これからずっとこの生活を続けなくてはならないのよ。

私は自らを戒《いまし》めながら、目を閉じた。

ローフェンがお母様を癒《い》やしてくれますように、と祈りながら……。


翌朝、目を覚まし、一人で着替えをする。

メイドに手伝ってもらわずに着替えることにも慣れてきた。

まず向かうのは、お母様のお部屋。

いつもなら私が起こすまでお母様は眠ってらっしゃるのだけれど、今朝は先客がいた。

ローフェンだ。

「ああ、クレアも来ましたよ」

爽《さわ》やかな笑顔で迎えられて、ちょっと居心地が悪い。

「おはようございます、お兄様、お母様」

「おはよう」

ローフェンはベッドの傍らに椅子を運んで座っていた。

だから私はあまり近づかず、立ったまま話しかけた。

「今朝はずいぶんとお早いのね」

「ええ。ローフェンが覗《のぞ》きに来た気配で目が覚めてしまったの」

「覗きに来たとは酷いな。起きてらっしゃるかどうかを確かめに来たんですよ。本物の母上の顔はどんなに見ていても見飽きないですからね。肖像画よりずっといい」

「あちらに残してきたのは昔の絵ですもの。私、ずいぶんと年老いたでしょう?」

「いいえ。今もお美しいです。もう少し太られた方がいいと思いますがね」

「そう?」

よかったわ。

お母様は安定している。

「お兄様はこちらでお食事なさる？　それでしたら、私、アンナにそう言ってきますわ」

「そうしてよろしいですか、母上」

「もちろんよ」

お母様はローフェンの手を握った。

「では言ってきますわ」

「クレア、あなたもそうして」

「私も？」

「ええ。私の夢だったのですもの、あなた達兄妹が仲良く並ぶ姿を見るのが」

「簡単な夢ですよ。クレア、そうしなさい」

ローフェンからのお誘いに、私は頷いた。

「はい」

一晩経って、ローフェンは方向を改めたようだ。

昨日は私と争うつもりのようだったけれど、今日はそういう空気がない。

私は厨房へ行くと、アンナに今朝はお母様の部屋で三人で朝食を摂ると告げた。

「大丈夫でございましょうか？」

「多分。お兄様がいらして、お母様は上機嫌だわ。問題は、お兄様が過去の話題を持ち出さないかどうか、ね。やっと記憶の隅においやってくれたのだもの」

「それは私からお話しいたします。奥様は旦那《だんな》様の過ちを忘れている、と」

「よかったわ。彼、まだ私のことを疑っているようだから、あまり注文を出したくないの。それから、私の生まれた時のことも、お母様に詳しく問いただすなと言っておいてね」

「はい。お食事の後に、私からお話しします」

「ありがとう、アンナ」

「とんでもないことでございます。私の方こそ、お嬢様には……」

「いいのよ。私はお母様の娘だもの。それじゃ、テーブルを運ばせて、食事の支度をお願いね。用意ができたら呼んで頂戴」

「はい」

私は庭に出て、小さな花を摘《つ》んだ。

昨日大きな花は活けていたけれど、テーブルを出すならその上にもちょっとした花があった方がいいと思って。

小さなグラスに黄色い花を活けてお母様の部屋へ行くと、既にテーブルと椅子がセットされていた。

「お花を摘んできたわ。私達のテーブルにも花があった方がいいでしょう？」

「クレアは花が好きね」

「お母様がお好きだからよ」

「これは庭の草花か？」

ローフェンの言葉にちょっと身構える。

まさかこんなところで『みすぼらしい』とか言い出さないでしょうね。

「ええ、そうよ」

「可愛い花だな。食卓が明るくなる」

お母様の前だからか、彼はにっこりと笑った。

……ちょっと素敵な笑顔ね。

その笑顔に始まって、朝食は和《なご》やかで楽しい時間だった。

窓から降り注ぐ朝の光。

ほのかに漂う花の香り。

簡単だけれど美味しい食事。

ベッドの上にテーブルを載せて食べていたお母様は、「私も一緒のテーブルで食べたいわ」とおっしゃって、明日はそうしましょうということになった。

そんなことを言ったのは初めてだ。

心配していた話題も、特に変わったところはなく、昨日のランチは楽しかったとか、もっと元気になられたら馬車で遠出をしようとか、明るいものばかり。

ただ、あまりにも会話が楽しかったからか、食事が終わるとすぐにお母様は疲れたと言ってまた横になってしまった。

こういう時に側に付いているのはアンナの役目だ。

私とローフェンは部屋を出るしかない。

「今日のお昼は別々になりそうね」

「お前が付くのではないのか？」

「お疲れの時はアンナの方が慣れているの。私は楽しませるための要員ね」

「何もかも自分がやる、というわけではないのだな」

「何もかもなんてできないわ。私ができることなんてほんの少しだもの」

「では、昼には少し出掛けるが、母上が心配したら、夜には戻ると伝えてくれ」

「わかったわ」

トゲトゲしさがなくなって、普通にかわす会話。

愛想なくそのまま離れていったけれど、出掛けることを伝言してくれるくらいには心を許してくれたのかしら？

アンナは彼を聡明な方だと言っていた。

昨日から今日にかけて私を観察して、私に悪意がないとわかってくれたのかも。でなければ、お母様にとって悪い人間ではない、と思ってくれたか。

どちらにせよ、歓迎すべきね。

思っていたとおり、お母様は少しお熱を出した。

はしゃぎすぎたからだとアンナがお小言を言ったそうで、やはり昼はベッドでお一人で過ごされることとなった。

私も一人の食事だ。

ローフェンは、宣言どおり戻ってこなかったので。

けれど、夕食前に戻った時には、私を大いに驚かせた。

何と、彼は両手で抱えるほど大きな魚を持ってきたのだ。

「これ、どうなさったの？」

「獲った、と言いたいが買ってきた。病人には白身の魚がいいと聞いたのでな」

「凄《すご》い。私、こんな大きな魚、見たことがないわ」

アンナも迎えに出て、目を見張った。

「まあ、なんて大きなお魚」

「母上は魚が苦手か？」

「いいえ。でも食が細いのであまり大きなお魚は買っていないんです」

「今度から大きいのを買うといい。私は沢山食べるからな。どれ、料理長に渡してくるとしよう」

「あ、待って。せっかくだもの、お母様にも見せてさしあげて」

もちろん、お母様も目を丸くして驚いた。

今夜の夕食は、急遽《きゅうきょ》魚のパイになり、また三人で一緒にお母様の部屋で食事をした。

「馬で、対岸まで行ったんです。あちらは賑やかで色々な店が出ていましたよ」

「南の方へ行かれたの？　どんなでした？」

思わず訊いてしまうと、彼は意外そうな顔を向けた。

「行ったことがないのか？」

自分の無知を咎《とが》められた気がして、恥ずかしくなる。

「行ったことはありませんけど、大層賑やかな場所であることは知っています」

「まさか生まれてから一度も、ヒバリ荘の外に出たことがないのか？」

「そんなことはありませんわ。ただ、人の多い場所に一人で行ってはいけないと言われているので……」

特に南の保養地は行ってはいけないと言われていた。

上品な場所もそうでない場所もあるので、私だけでは間違った場所へ足を踏み入れてしまうのでは、と心配されているのだ。

「この家には、クレアに付けてあげる護衛がいないわねぇ。今度アンナに信用のおける者を雇うように言いましょうか？」

お母様は申し訳なさそうに言った。

「いいのよ、お母様のせいではないのに、気に病《や》んでしまわれたかしら。

「そう？」

「ええ。お気になさらないで。それに、リドリの公園に行きましたわ。あそこは噴水があってとても綺麗《きれい》でしたわ」

「リドリの公園？」

ローフェンが訊いてきたので、私は得意げに答えた。

「ええ。ここからもう少し北に行ったところにあるの。ちゃんと管理がされていて、ゆったりとした場所よ。お母様がお元気になられたら、まずはそちらをご案内したいわ」

「そんなにいいところなら、私も一度行ってみよう」

話題はそれで流れていった。

でも、男の人はいいな。

どこへでも行けるのだわ。

私だって、せっかくマルード湖に来たのだもの、南岸の街には行ってみたかった。

とても賑やかだという噂《うわさ》は聞いていた。

大きなホテルがあり、劇場やホールもあって、長く逗留しても楽しめる場所。ボートも個人の持つような小さいものではなく、船頭の付いた大きな遊覧船があるらしい。

その一方、そこに集まる者を狙《ねら》った歓楽街もあった。

そちらの方は、あまりよろしくない人々が集まっているので、絶対に一人で行ってはいけないと言われていたのだ。

けれど今の私に付いてきてくれる人などいないのだから、我慢するしかない。

夕食はつつがなく終わり、お母様はすぐにお休みになられた。

私とローフェンは特に会話することもなく、お互いの部屋へ。

二日目もこれで無事終了。

翌日、ローフェンは朝食を私と同席した。

昨日、ずいぶんとお疲れになったのか、お母様はまだお休みだったので。

今日はもう、ローフェンは私に突っ掛かるようなことはなかった。

私に話しかけることはなく、静かな食卓だったけれど。

お母様がお昼もご一緒できないとわかると、彼は出掛けてくるから、昼食はいらないと言った。

出掛ける前にアンナと話をしていたようなので、私が伝えたかったことは伝わっただろう。

戻ってからはまたお母様の部屋へ向かったが、その手には大きな花束があった。

ひょっとして、私が花を揃えていると知って対抗意識？

さらに翌日には、自分がお母様に本を読むと言ってきた。

別に独占したいことではないから、謹んで役目はお譲りしたけれど。

そして夕飯も、自分が作ると言い出した。

「作れる、と言っただろう」

確かに。

視察などに出た時に簡単なものは作ると言っていた。

出来上がったのは、鹿肉《しかにく》の、野営料理と言うべきロースト。シェフが手直ししたけれど、お母様には少し重かったかも。

あまり召し上がってくれなかったようだ。

でも間違いないわ。

彼は私がしていることを真似《まね》ている。

それが対抗意識なのか、倣《なら》っているのかはわからないけれど、初日に私について回った時に知ったことをやっている。

いいことだわ。

私としては、仲良くなって、色々なことを教えようと思っていたのだけれど、理由が何であれ自発的にやってくれるならありがたい。

なので、私はなるべく二人の時間を邪魔しないようにした。

アンナにも言って、なるべく二人が一緒にいられる時間を作ってもらった。

朝食は二人だけで、車椅子に乗せての散歩も押すのは彼、読書も彼に朗読を任せ、午後のお茶も二人で過ごさせた。

夕食は、私とローフェンだけの時が多かったが。

基本、お母様に呼ばれれば、もちろん同席はしたけれど、自分から行くことは控えた。

彼がこの家にいる、ということが当たり前になってゆく。

そうして、瞬《またた》く間に一週間が過ぎた。


「降参だ」

二人きりの朝食。

食堂で向かい合った正面の席で、座るなりローフェンが両手を挙げた。

「どうなさったの？　何が降参なの？」

彼はお行儀悪くテーブルに肘《ひじ》を載せた。

「お前がやっていることなど、誰にでもできること。そんなことをやってるからといって母上の娘だというなんておこがましい。……と言うつもりだった。だが実際やってみたら、見ているほど簡単ではなかった」

「そんなに大変？」

「結構《けっこう》な。お前は大変だと思ったことはないのか？」

一応、私は考えてみた。

大変だったことがあったかしら？

「ないわね。毎日楽しかったわ」

「お前はメイドではなく、貴族の娘として育ったのだろう？」

「当然よ」

「それなのに、メイドや侍女のような仕事をして苦労ではなかったのか？」

「ええ」

「何故？」

彼は心底不思議そうに尋ねた。

でもその気持ちはわかる。

貴族のお嬢様は、他人の世話などしないものだもの。たとえそれが家族であっても。

相手を心配するならば、それなりの人を頼むのが常だ。

料理は料理人に、読書はコンパニオンに、世話はメイドや侍女に。

彼も貴族の子息だから、他人の世話を焼くなどということはしたことがなかったのだろう。だから降参してしまったのか。

「お母様のためだから、というのが第一ね。もう一つは、やったことのないことをするのは楽しいから、というのもあるわ」

私は言葉を選んで答えた。

「あなたの言うとおり、貴族の娘はメイドのようなことはしないわ。私はちゃんとした令嬢としての躾《しつけ》を受けていたから、何もしたことはなかったの。でもある日、私がしてあげたらお母様はもっと喜ぶのではないかしら、と考えたの。侍女が……、前にここに勤めていた侍女が、病気の時に母親にスープを作ってあげたら、とても喜んだと話していたのを思い出したから」

自分も同じことをしてあげたらお母様は喜んでくれるかもしれない。

いいえ、娘が『初めて作った料理』は、たとえ食べたくなくても口に運んでくれるだろう。ましてやそういうことをしない貴族の娘が作ってくれるものなのだもの。

最初は料理人が作ったスープの中に入れる野菜の皮を剝《む》いただけだった。

でもそれでお母様はとても喜んで食べてくれた。

そうなれば、もっと作らないわけにはいかなかった。

「あなたは最初から食事をしているお母様を見ているから、喜びは少ないかもしれないけれど、私は何も食べようとしないお母様を見ているから、あなたより喜びが大きかったの。それで料理を覚えたのよ」

「そんなに酷かったのか……？」

「長らくスープとパンを少ししか口にしなかったらしいわ」

食べないまま死んでしまうのでは、とアンナは何度も不安に襲われたらしい。

それを救ってくれたのは、お父様が手配してくれた料理人達だ。

「それに、あなたは力が入りすぎているのよ。魚料理や肉料理は、私だってまだそんなにはできないわ。それを毎日食材選びからするのですもの、大変よ」

「お前はしないのか？」

「私は肉や野菜の目利《めき》きではないもの。料理人に任せているわ。私は何でもできるわけじゃなくて、できることを少しずつ増やしている途中」

「ふむ……」

彼は考え込みながら、パンを口に放り込んだ。

「お花だって、毎日新しいのを持ってゆくでしょう？　私は前のが枯れ始めるまでは取り替えないわ」

「……花を選ぶのにも苦労した」

「でしょうね」

「本もだ」

「本は書庫のを端から……」

「本は選ぶのが大変だったのではない。読む速度だ。速すぎると言われた。だがゆっくり読むのは苦手だ」

私は笑った。

そうね、男の人は早口だもの。

「小さな子供に読んであげるようにすれば？」

「子供に本など読んでやったことがない」

「私もないわ。でもイメージよ」

「着替えの時も困る。親子といえど、母上は女性だからな。ナイトドレスのままの姿では、近づいたり触れたりするのにも戸惑う」

そうは見えなかったけれど、案外と繊細ね。

「ガウンやショールを渡せばいいわ。冷えるといけないから、と言って」

「なるほど」

いつの間にか、彼は自分の苦労話をし、私に教えを乞《こ》うていた。

最初から張り切りすぎてしまったから、息切れするのが早いのよという言葉にも、ムッとせず素直に頷いた。

私に従うというより、自分がこの窮状から抜け出す方法を調べている、といったところだろう。

話し合いは食事が終わっても続き、彼の態度は時間と共に真摯になっていた。

そして最後には、こう言った。

「母上の世話をするには、お前の協力が必要だということがよくわかった。今更虫のいい話だが、私に手を貸してくれないか？」

この人は、とても素直な人なのだわ。

気位が高い、強引な人だと思っていたけれど、それは自分の母親にまとわりつく得体の知れない娘に怒っていただけ。

まだ妹だと信じてはいないようだけれど、少なくとも看護人としては認めてくれたようで、それならば態度を改めようというのだろう。

過ちを認めることは難しい。

特に相手を信頼していない場合は。

でも彼はちゃんと私の話を聞いてくれる。

「私にできることなら何でも」

「では、今日から頼もう。私は何をすればいい？」

「何もしなくてもいいと思うわ。ただ側にいて、お母様の話を聞いてさしあげれば」

「しかし……」

「側にいて欲しいと思っていた人が側にいてくれるのだもの。それだけでとても嬉しいものよ」

「本当に？」

「ええ。ただ、お父様の話をしないようには注意して」

その言葉に彼の顔が曇った。

「アンナから聞いたが、母上はその当時のことをあまり覚えていないそうだな？」

「……ええ。多分、お心の平穏を得るために、嫌なことは忘れたいと思っているのだろうとお医者様が言ってらしたわ。だから思い出させると、せっかくお元気になられたのにまた元に戻ってしまうかもしれないわ」

「だがそうなると、何を話題にすればいいのだろう？」

「そうね……。他の楽しいことがいいのだけれど。ピクニックの話とか」

「湖にボートを出す、とか？」

「ダメ！」

私は思わず声を上げた。

目の前で、ローフェンが私の勢いに怯む。

「あ……、ごめんなさい。でもボートの話はだめなの」

私は謝罪しながら説明した。

「お母様は昔湖にボートで出て事故を起こしたの。それでボートの話は厳禁なのよ」

「湖のことも？」

「いいえ。湖のことという漠然とした話は平気みたい。でもボートはだめなの」

「……そういえば、最初の日にボートは嫌いだと言っていたな」

「ええ。あれは私の失敗だわ。お兄様と一緒なら、と思って思わず口にしてしまって。でもあの時のことを覚えているなら、だめだと言うのはわかってくださるでしょう？」

「確かに、『嫌い』とはっきり言っていたな。わかった。注意しよう。お前は？」

「私？」

「湖やボートの話は平気なのか？」

その問いかけには、気遣う様子が見えた。

意外と優しいのね。

「ええ。私は平気。お母様のことがなければボートには乗ってみたいわ。でも私がボートに乗るなんて言ったらお母様は卒倒しちゃうかも」

「案外不自由な生活をしていたんだな」

その言葉の響きには優しさがあった。

少なくとも、私はそう感じた。

この時、初めて私は『ローフェン』という人を見た気がした。

『お兄様』ではなく、『お母様の息子』でもなく、『私と争おうとする人』でもなく、彼という個人を。

「私に手を貸してくれる、と言ったな。では今日は私に付き合ってもらおう」

「いいわよ？　何をすればいいの？」

「馬には乗れるか？」

「乗れるけれど……」

彼は子供のような顔でにやりと笑った。

「ではすぐに用意してこい。私の買い物に付き合ってもらう。南岸の街へ買い物だ」

「え……？」

今何て言ったの？

南岸の街へ行くと言った？

「でもお母様のお食事が……」

「アンナがいれば大丈夫だろう。それとも、どちらかがいないと不安か？」

「いいえ、きっと大丈夫だわ。でも……」

「行きたくないならそう言え。無理には誘わない」

行きたくないだなんて。

ただ、あそこには危険があるというし、行ってはいけないと言われていたし……。

迷ったのは一瞬だけだった。

「行くわ。連れていってください」

「目立たない格好をするんだぞ。ヒラヒラしたレースではなく」

「もちろんよ」

「では、用意したら応接間に来い。女の支度は長いというが、そうは待たないぞ。それと、外では私の名を呼ぶな。『お兄様』と呼べ」

どこまでも秘密の多い家ね。

「わかりましたわ、お兄様」

でも今は、そんなことよりも憧《あこが》れていた街歩きの誘いに、心は躍っていた。

行けないだろうと思っていた場所へ行ける、という喜びで。


湖の南岸が賑やかなのは知っていた。

何度か馬車で通ったことはあったが、それを『行った』とは言えないだろう。

窓から顔を出して外を覗くことはしたないと言われ、カーテンの隙間《すきま》からちらりと覗いただけなのだから。

でも侍女から話は聞いていた。

とても華やかな場所です。

お店もいっぱいあって、歩いている人々も美しく着飾って。

湖の岸辺にはボートハウスが並び、可愛い休憩用のハウスが玩具《おもちゃ》の家のようだということだけれど、私は休憩用のハウスというのがどういうものかわからなかった。

ローフェンに言われてから自分の部屋へ駆け戻り、お母様好みのふわふわとしたドレスではなく、地味な青いドレスに着替えた。

乗馬服があればよかったのだけれど、ないものは仕方がないわ。幸い短ブーツはあるので、靴をそれに履《は》き替え、髪を纏める。

「お待たせ」

勢い込んで応接間へ行くと、既に彼は支度を済ませて待っていた。

揃いにしたわけではないけれど、青い上着。私のものより深い青。

「髪を纏めると印象が変わるな。ドレスも、いつも着ているものよりそっちの方がいい」

「あのドレスはお母様がお好きなの。私はこういう方が好きなんだけれど」

褒《ほ》められて、ちょっと嬉しかった。

アンナは私が出掛けると知ってとても心配した。

玄関まで見送りにきて、「本当に大丈夫ですか、お嬢様」と何度も繰り返した。

彼女の心配はわかるけれど、やっぱりこのチャンスを逃したくない。

ローフェンが一緒だからと、何とか彼女を説得して外に出ると、ローフェンはポソリと言った。

「やはり不自由な生活をしているようだな。……当然かもしれないが」

外に出掛けたことがない、それを許されない私に同情してくれたのかもしれない。

貴族の娘ならば当然のことなのだろうけれど、どこへでも行ける男性の身としては、可哀想と感じるのだろう。

そのせいか、南へ向かう道中も、彼はとても優しかった。

時間のことがあるから、ゆっくりと進むことはできなかったが、要所要所で、「あれは知っているか?」「見たことはあるか?」と尋ねてくれた。

馬の休憩所。

湖の周囲を巡る観光馬車。

個人の館と館の間にある、小さな張り出しの展望台。

私にとってはどれも、珍しいものばかり。

あまりキョロキョロとしないように注意はしていても、視線が泳ぐ。

彼もそれに気づいているのだろう、時折振り向いてはクスリと小さく笑っていた。笑われるのは嫌だけれど、彼のこの気まぐれが再び与えられるかどうかわからないので、貴重な外出を我慢することができなかった。

両側を木立に囲まれた道を進み続けると、やがて右手側に湖が開け、そのまま湖岸の道を進むと、いよいよ南岸の街へ出る。

それは、想像していたよりもずっと賑やかな街だった。

カフェや土産物を売る小さな店から始まり、中心部へ向かうごとにどんどんと建物が大きくなってゆく。

ホールのような立派な、白亜の建物。

凝《こ》った建築のホテル。

カフェも、街外れでは小さなものだったが、中心部はテラスが湖に迫《せ》り出《だ》した大きな店に変わる。

保養地だということだけれど、素敵なドレスを飾った店や、馬具の店、日用品を扱っている店に食料品店。高級なものからそうでないものまで、ゴチャゴチャに並んでいる。

ボートハウスもあった。

青い木造の小屋から続く長い桟橋に、白いボートがいっぱい並んでいるから、すぐにそれとわかる。

立派なお屋敷のような門構えのところの先には、大人数が乗る屋根のついたボートが見えた。

「お兄様、訊いてもよろしいかしら？」

外では『お兄様』と呼べ、と言われたので、私は馬を近づけてから、そうローフェンに声を掛けた。

「何だ？」

「休憩所の小屋というのはどこにあるのでしょう？　メイドが、小さな街みたいで可愛いと言っていたので見てみたいのですが……」

「それはこちら側ではなく、街の反対側だな」

「では見られないのですね」

がっかりだわ。

「見てみたいのか？」

「いえ、お買い物に来たのですもの。今回は諦《あきら》めます」

「外から見るだけなら行ってもいいが。水着がないだろう？」

「水着？」

「湖に入るための服だ」

「湖に入るのですか？」

「貴族は入らないが、庶民は湖で泳ぐ」

「まあ、湖で？　溺《おぼ》れないのですか？」

「深いところに行かなければな。お前がどんな反応をするか面白そうだから連れてってやろう。付いてこい」

そう言って、颯爽《さっそう》と馬を駆る彼の姿は素敵だった。

金色の髪が風に靡いて、キラキラと陽を反射している。

お母様が以前、乗馬をするお父様の後に付いた時、長い黄金の髪が輝くのをうっとりと見ていたと言ったのを思い出す。

ローフェンの髪はさほど長くはないけれど、確かに見惚《みと》れてしまう美しさがある。

自分が黒髪のせいかもしれないけれど。

「ほら、あれが休憩用の小屋だ」

それは不思議な光景だった。

木造の、青い小さな小屋が、波打ち際に不規則に並んでいる。小屋はどれも細長く、一方は陸に、もう一方は湖の中に飛び出ていた。

その湖に出ている方には階段があり、湖の中へ続いていた。

よく見ると、下着のような姿の男女が湖の中で、泳いでいる。

「あの下着が水着？」

「そうだ。だが下着と違って水に濡《ぬ》れても透けることはない」

「恥ずかしくないのかしら？」

「ここではあれが当たり前だからな。皆服で来て、陸側から小屋に入り、中で着替えて湖の中に入る。戻る時には湖側から入って、やはり中で着替えて出てくるんだ」

「面白いわ」

「湖に入ってみたいか？」

その問いには即答できなかった。

湖に入るのはとても楽しそうだけれど、人前で下着姿にはなれないわ。それがここで当たり前に着られている『水着』というものであっても。

「誰もいないところでならやってみたいわ」

「慎み深くてよかった。だが水着を知らないとは思っていなかったな」

「だって見たことがなかったんですもの。……街の方へ出たことがなかったから。お兄様は泳いだことがあって？」

「泳いだことはあるが、やはり人前ではなかったな」

「どちらで泳いだのですか？」

「川だ。遠出をした時、あまりの暑さに上着を脱いで飛び込んだ」

「まあ、子供みたい」

私が笑うと、何故かちょっと威張るように顎《あご》をしゃくった。

「羨《うらや》ましいだろう」

得意顔ね。

「……悔しいけれど、羨ましいわ」

「ヒバリ荘の前の湖なら、誰も見ていないから、一度入ってみたらどうだ？　足をつけるだけでも気持ちがいいぞ」

「いいえ、だめ。私は湖には近づけないの」

「水が怖いのか？」

「ええ、まあ。それより、買い物をしましょう。見たいものが見られて満足したわ。ありがとうございます」

「そうだな」

馬の首を返し、再び街へ戻る。

大きなホテルに馬を預け、歩いて街を回る。

馬上から見た時もドキドキしたけれど、売り物を手に取れる距離で見るのはまた新鮮だった。

「あれは何？」

「どうやって使うの？」

好奇心を抑えることができずに次々と質問を投げかける私に、彼は一つずつ答えをくれた。

「あれは買い物の籠《かご》だ。手に提げて使う。周囲に使っている者は沢山いるだろう」

「あんなに大きな籠で、重たくないのかしら？」

「街の女はお前より力があるということだろうな」

「あの店は何？」

「甘い匂《にお》いがするから菓子の店だな」

「でも宝石店のようだわ」

「貴族用だろう」

「貴族がお金を使って買い物をするの？」

「ここではそういう者もいるのさ。ほら、馬車が来るぞ」

浮かれている私を、ローフェンは軽く抱き寄せた。

男の人に抱き寄せられるなんて初めてで、思わず身体が固まってしまう。

手の感触でそれがわかったのか、彼は笑った。

「兄、妹なのだから恥ずかしがることはないだろう。それとも、妹ではないと言うか？」

「出会ったばかりなのだもの、お兄様でも恥ずかしいわ」

「誰が使うの？」

答えて私は彼の身体を押し戻した。

「あまり離れるな。お前は無事に連れて帰らなければならない」

「このあたりでも危ないの？」

不安になってローフェンの側へ戻ると、「迷子という危険がある」と言われた。

「子供じゃないわ」

怒ったが、からかわれたわけではないようだ。

「街には色んな人間がいる。金を持っていそうな美女が一人でふらふらしていたら、どんな目にあうかわからないぞ」

真剣な顔で言われ、怖くなる。

「……そんなに危険？」

「怯《おび》えさせたいわけではない。安心しろ、私が側にいれば安心だ」

「それなら側にいるわ」

言うと、彼は私の肩を抱いた。

親しすぎると言いたいけれど、今の言葉を聞いたら邪険にはできない。

「お前が私に色仕掛けをするつもりがないとわかって安心した。その気があったら『怖いわ』とか言いながら擦《す》り寄ってくるだろう」

朗《ほが》らかな笑顔。

「そんなことはしないわ」

「だからこちらも変なことはしない。肩や腰に手を置くぐらいなら、ダンスの相手と思えば平気だろう。ダンスもしたことはないのか？」

今までの自分の答えを考えると、『ある』とは答えられなかった。

「どちらでもいいでしょう」

とはぐらかす程度。

「お前は、ずっと母上のために働いていたのだな……」

優しい声の響きに胸が痛んだ。

「あまり美化しなくていいわ。私は今の生活が楽しいのだから」

その後も、彼はずっと私をかばうように歩き続けた。

湖の魚を売っている店や、見たこともない野菜を売っている店に入り、買い物をしたけれど、驚きの声を上げる私に向ける彼の目はとても優しくなっていた。

……あまり優しくされると心が痛むわ。

私はそんなにいい人間ではないのに。

「母上に土産を買いたいのだが、何を喜ぶかな？」

「栞《しおり》がいいわ。新しいのを欲しがっていらしたから」

「栞？　本の？」

「ええ。今のは私が作ったものだけれど、便箋《びんせん》を切っただけのものだから」

「では小間物屋を覗いてみよう」

優しくなった彼と歩く街は楽しかった。

見るもの全てが目新しいというだけではない。ローフェンがずっと笑顔で説明をしてくれたり、時々からかってきたりするのも楽しかった。

ヒバリ荘ではずっと献身的な娘をやっていたが、彼といると自由でいられる。

礼儀だの、作法だのを気にする必要はなく、言葉遣いだってぞんざいで構わない。

見知らぬものに興味を持って質問したり、感情を顔に出しても怒られはしない。

「カフェに入ってみたいわ」

というワガママも許してもらえる。

「帰りが早駆けになってもいいならな」

「いいわ。思いっきり速く駆けるわ。だからお願い」

「……仕方ないな」

楽しかった。

初めての街が楽しかった。

彼と過ごす時間が、とても楽しかった。

お昼の時間に少し遅れて戻ってきた時には、私はもうクタクタだった。

買ってきた荷物を召し使いに渡し、軽い昼食を入れた後は、珍しく昼寝の時間をとることにした。

ローフェンは全然疲れてなどいなくて、私の疲労を笑ったが、午後のお母様の相手は自分に任せろと言ってくれた。

アンナに一時間経ったら起こしてくれるように頼んで、一人部屋に戻る。

眠りはすぐに訪れ、微睡《まどろ》みの中で私は今日の出来事を反すうした。

彼はいつまでいるのかしら？

いつまでも一緒にいられるわけではないとわかっているのに、段々と距離が近づいてしまうのを感じる。

楽しいと思ってはいけないのに、楽しくて仕方がない。

ローフェンは、私を妹だと思ってくれているかしら？

今日のエスコートは、妹へのものだったのかしら？

もし彼が、『お兄様』ではなかったら、心惹《ひ》かれてしまいそうだったわ。絶対に許されないことだけれど。

私は彼の妹。

兄と妹では『心惹かれる』なんてあり得ない。

でも、想像だけならいいわよね？

男の方とお付き合いしたことはないけれど、もしあんな方とお付き合いができたら、きっと毎日が楽しいでしょう。

そんなくだらない想像をしている間に眠りに落ち、アンナに起こされるまでぐっすりと眠った。

「もっとお休みになってもよろしいんですよ。夕食まで時間もありますし」

「だめだめ、夜が眠れなくなってしまうわ。お母様は？」

「お二人がお出掛けになったことを聞いて、とても喜んでおられましたよ。ご自分も出掛けてみたい、だなんて」

「あら、それはいいことだわ」

私は着替えると、書いておいた手紙を彼女に渡した。

「これ、後で渡しに行ってくれる？」

「はい。そろそろ一度お帰りになられますか？」

「そうねぇ。モーレン夫人が会いたいと言ったら、顔を見せに行くわ。よかったら、アンナから状況を説明しておいて」

「かしこまりました」

ドレスに着替えて階下へ向かい、お母様の部屋を覗くと、眠っていらした。

きっとローフェンと話をして疲れてしまったのね。

ローフェンの姿はなく、私は書庫へ向かい、お母様に読む本を探した。

何冊かを選んで眠っているお母様の部屋に置いておいた。これで、明日読んでほしい本をご自分で選ぶことができるだろう。

今日の夕食は買ってきた食材を使うものになるから、私の出番はないだろう。

することがないので、私は湖の見えるサンルームへと足を向けた。

建物の一番端にあるこの部屋は、厨房など、使用人達のいる場所からは離れていて、お母様の部屋からも少し距離があるので、小さいながらも静かでゆっくりできる空間だった。

大きな長椅子に座ると、ちょうど切れた植え込みから広がる湖が見えるのだ。

この屋敷では、なるべく湖岸が見えないようになっていた。

お母様の部屋からは湖面は見えるが、岸辺は見えない。

多分、建物の中から岸が見えるのはここだけだろう。

私はお気に入りの長椅子に座り、湖を眺めた。

気を抜いていると、また眠くなってしまいそう。

体力は戻ったと思っていたけれど、まだ足りないのかしら？

ローフェンには言っていなかったが、私もこの間まであまり体調がいいとは言えなかった。もうとっくに治っているけれど、こうしてはしゃぎすぎると疲れが出る。

「お茶を頼めばよかったかしら」

ぼうっとしていると、ドアがノックされた。

「どうぞ」

てっきりメイドかアンナだと思って許可を与えたが、扉を開けて入ってきたのはローフェンだった。

「お兄様」

慌てて居住まいを正す。

「寝ていたそうだな」

彼は当然のように私の隣に座った。

眠る前にくだらない想像をしていたせいか、ちょっと緊張する。

「はしゃぎすぎて疲れてしまったの」

「楽しかったか？」

「ええ、すごく」

それは素直に答えた。

「栞は母上に渡したが、とても喜んでいた」

「それはよかったわ」

　彼の目が私を見下ろす。

「もしもお前が本当に私の妹だとしたら、もう少しクレアのことを知るべきではないかと思ってな」

「私のこと？」

　彼は頷いた。

「街へ出るだけであれほど喜ぶなんて、今まで、どのような生活をしてきたのか、気になった」

「あれは……、貴族の娘であれば誰でも喜ぶことだと思うわ。供も付けずに街を歩くなんて、あり得ないことだもの」

「だがお前は何もねだらなかった。貴族の娘であれば、男に物を買い与えられるのが当然と思っているだろう。気に入ったものは何でも手に入れようとするものだ」

「そんなに強欲な女性ばかりじゃないわ」

「欲しいものはないのか？」

「ないわ。必要なものは持っているし」

「新しいドレスや宝石は？」

「前にも言ったでしょう？　ここでは必要のないものだわ。物よりも、私にローフェンのことを教えて欲しいわ」

「何を知りたい？」

彼が少し近づくから、肩が触れる。

ただそれだけなのに、ドキリとする。

彼を、男の人だと意識してしまったから。

「いつも何をしているの？」

「仕事だ」

「何故ここへは来なかったの？」

「父に止められていたからだ」

「本当に、私のことを一度もお父様から聞いていない？」

「ない」

端的《たんてき》な答え。

嘘をついているとは思えない。

「何故、父はお前のことを黙っていたのだろう。お前のように素晴らしい娘がいるのなら、手元に呼び寄せるべきなのに。母上のためにお前を残していたのだろうか？」

「……私にはわからないわ」

「そうだな。だが、アンナが書いた手紙は父上の下へ届いた。ということは、お前が訴えれば、それは父上の耳に届く。今まで手紙を送ったことはないのか？」

「生まれた時に、アンナが知らせたと聞いているわ。お父様が知らないということはあり得ないのよ」

「何故？」

「だって、私の部屋を見て？　家具もドレスもみんな揃ってるわ。お母様が選んで買い揃えたとしても、その代金の請求はお父様に届くはずでしょう？　そんな大金を何に使ったのか、アンナは報告しているはずよ。それなのに、今に至っても『止めろ』とは言ってこない」

「隣には私の部屋がある。私の物を買っている、と思ったのではないか？」

「……それはあり得るわね」

本当に何故、お父様はローフェンに『クレア』の存在を知らせなかったのだろう。

知らせていれば、話はもっと簡単だったのに。

「今度、ホテルのパーティへも連れていってやろうか？」

「え？」

「ずっとここで過ごしていたのだろう。ダンスは踊れると言っていたし、そういう華やかな席にも憧れてるんじゃないか？　ヒバリ荘ではパーティを催すことはできないが、ホテルの夜会になら連れていってやれるぞ」

せっかくの申し出だけれど、私は首を横に振った。

「お母様を置いて、華やかな席には行きたくないわ」

「母上は咎めないだろう」

「でも、私を何と紹介するつもり？　ホテルには他の貴族もいるでしょう。あなたの顔を知っている人もいるかもしれないわ。そんな席に私を連れていける？」

彼は一瞬言葉に詰まり、「そうだな」と短く答えた。

「喜ばせてやりたい、と思ったんだがな」

「私を？」

見交わした顔にふっと笑みが浮かぶ。

「あんなふうに嬉しそうな顔を見せられたら、男なら誰でもそう思うさ」

魅力的な笑顔。

パーティでこんなふうに微笑まれたら、どんな女性も惹かれてしまうだろう。

「お兄様は、女性の扱いが上手いのね」

「うん？」

「笑顔で『喜ばせたい』とさらりと言える人なんだわ」

「兄なら妹にそう言うものだろう？」

「そんなことないわ」

ふいに、彼は名案が浮かんだ、というように顔を輝かせてから、悪い笑みを浮かべた。

つい今し方見せた素敵な笑顔とは全然違う顔だ。

「いいことを思いついた」

「何？」

「お前は何を訊いても私の質問に対する『正解』を持っている。まるで予め想定でもしていたかのように」

「事実を言ってるだけよ」

「それにしても、返答が早すぎる」

……頭がいいのね。

「気も強く、頭の回る女性のようだ。だから、何を訊いても、お前から本当のことを訊き出すのは難しいだろうと思っていた。真実を知りたければ観察するしかないな、と。女性を拷問にかけるわけにはいかないからな」

「物騒なことを言うのね」

「しない、と言っただろう。だがこういう手もあるな」

そう言うと、彼は腕を長椅子の、私側の肘掛けに伸ばした。

身体が私に覆いかぶさるように前を塞《ふさ》ぐ。

「な……、何を……」

触れてはこなかった。けれど、彼に囲い込まれてしまう。

「クレアは純情なようだ」

近づく顔。

「……近いわ」

「近くて当然だ。キスしようとしているのだから」

「キス？ 私達は兄妹よ？」

「そう。だから兄と妹ならば額《ひたい》にキスするくらい問題はないだろう？」

言いながら顔がゆっくりと近づいてくる。

逃れようにも、身体を引いたって後ろは背もたれ。右には肘掛け左には彼の身体、前には彼の顔と腕。

どこにも逃げ場がない。

「妹ならば、受けられるだろうが、他人ならば、恋人でもない男のキスは嫌なのじゃないかな？」

「妹なら、キスされろと言うの？」

「親愛のキスだ。それとも、私はあなたの妹ではありません、と言うか？ それならば止めてやる」

額だったら……、大丈夫なのじゃない？

親愛だと彼も言っているし。

……いいえ、ダメ。やっぱりキスはだめよ。

兄妹と言っても、私達はまだ会ったばかりだもの、照れてしまっても不思議はないでしょう、と言おうとした時には、もう彼の唇が額に触れていた。

「あ……」

柔らかな感触。

戸惑う間もない。

「お兄様」

しかも唇はそのままこめかみから耳へと移動してゆく。

ゾクリ、と鳥肌が立った。

「お兄様！」

私は椅子に置かれていたクッションを握ると、それで思いきりローフェンを叩いた。

「おふざけが過ぎますわ！」

もう一度。

彼が離れてくれるまで、クッションで叩き続けた。

「クレア、痛い。痛いよ」

やっと私の前を塞いでいた腕が離れると、私はすかさず彼を突き飛ばして長椅子から立ち上がった。

「今度こんなことをしたら、お母様に言い付けますから！」

「兄妹がじゃれているだけだ。言われても恥じることはない」

「妹であっても、私は女性です。あんなふうに襲いかかるなんて、無礼だわ！」

「無礼ねぇ」

彼は落ち着いてクッションを取り上げると、椅子に戻した。

「とにかく。もう二度としないで。兄であっても、本当に私を愛《いと》しい妹と思ってしたのではないなら、それは狼藉《ろうぜき》です」

「わかったよ。今度キスする時は、真実の想いをもってすることにしよう」

「次はありません！」

ローフェンが立ち上がろうとしたので、私は慌てて部屋から飛び出した。

「クレア」

顔が熱い。

胸が苦しい。

唇が触れた額やこめかみが疼《うず》く。

キスされた。

男の人に。

ローフェンが私に触れた。

はしたないことをされたわけでもないのに、心臓はうるさいほど鳴り響いていた。

廊下を走り、階段を駆け登り、自分の部屋へ飛び込んでドアに鍵をかける。

彼が女性に欲情して襲ってきたわけではないのはわかっている。かといって妹に対する親愛の情でもない。

ただからかわれただけ。

ああすれば私が何かを喋《しゃべ》るのではないかと、思っただけ。

それでも、私は胸が苦しかった。

男の人とあんなに近づいたのも初めてなら、キスされたのも初めてだったから。

ローフェンが、『男の人』だと意識してしまったから。


夕食は、お母様が同席していたから、和やかに過ごした。

でも、食事が終わると、私は用事があるからと先に退室させてもらった。

ローフェンと話をしたくなかったので。

そのまま部屋に戻って、もう階下へは行かなかった。

静かな夜。

意識してしまうと、彼が部屋に入るドアの音が聞こえる。

今、壁一枚隔てた向こうにローフェンがいるのだと思うと緊張した。

思わず続き間の扉の鍵を確認しに行ってしまうほど。

たとえ向こうが鍵を開けようと、こちらがしまっていれば扉が開くことはないとわかっているのに、わざわざ椅子を持ってきて扉の前に置いた。

その物音が向こうに聞こえたかしら？

何をしているか気づいて、笑うかしら？

でも、警戒されるようなことをした彼が悪いのよ。

まだ額に唇の感触が残っている気がする。

額に軽くキスされただけなら、こんなにドキドキしないのに、キスがこめかみから耳に移動したから……。

思い出すだけでも、ジタバタしてしまう。

ナイトドレスに着替える時にも、思わず扉の方を凝視した。

大丈夫よね？

彼はからかっただけだもの、本当にしないわよね？

階下にはお母様が寝てるのだもの、不埒《ふらち》な真似をするはずがないわ。

そこまで考えてから、やっとベッドに入った。

これまで『お兄様』だからと思って平気に過ごしてきたけれど、明日からも同じようにできるかしら?

いいえ、やらなきゃいけないのよ。

今日のことは忘れて、今までどおりにするのよ。

成功するかどうかわからないが、強く自分に言い聞かせて目を閉じる。

翌朝、私が着替えて階下に下りると、階段の下にローフェンが立っていた。

手摺《てす》りによりかかり、腕を組み、下りてゆく私を待っていた。

一瞬足が止まるが、下りていかないわけにはいかない。そのまま進み、彼の前を通り過ぎようとした時、腕が伸びてきた。

ハッとして逃げようとしたが、間に合わなかった。

大きな手が私の手首を握る。

顔が固まる。

ローフェンは、そのままふうっとため息をついた。

「クレア」

「手を離して」

「逃げないと約束するなら」

「変なことをしないと約束してくれるなら逃げないわ」

「約束しよう」

手が離れる。

彼の言葉を信じて、私はその場に留まった。

「すまなかった。昨日はイタズラが過ぎた」

「何のこと？」

思い出させないで。忘れようとしているのに。

「昨日お前にキスしたことだ」

言われて、無意識に顔が熱くなる。

「そんなに固くならないでくれ。お前に嫌われたくない」

「嫌ってなどいませんわ」

「ならば怒っている」

「怒ってもいません」

「認めてくれなければ謝れないだろう」

「悪いことをした、と思ってらっしゃるの？」

「思っているよ。反応が可愛かったので、からかいすぎた。笑って済ませてくれるかと思ったが、夕食の時、お前が緊張しているのがわかって、自分のしでかしたことの意味がよくわかった。たとえお前が妹でも、そうでなくても、私を無頼漢として認識させてしまったのだと」

もう一度彼を見ると、その顔には反省の色が見えた。

「どうか名誉を挽回《ばんかい》させて欲しい」

「名誉挽回？」

「お前を苛《いじ》めるのではなく、喜ばせてやりたい。よかったら、朝食の後、今日も街へ行かないか？」

「ご機嫌取り？」

「そうだ」

厭味で言ったのに、彼は素直に答えた。

「この先ずっとお前に逃げられたくはないと思っているから、機嫌でも何でも取る。また笑って欲しい」

そんなに真剣な目をして言うのは狡《ずる》いわ。

これで嫌だと言ったら、私の方が嫌な女になってしまうじゃない。

「街へなど行かなくていいわ」

「クレア」

「そんなことをしなくても、もうしないと言ってくれれば許してあげます」

彼の顔に安堵《あんど》が浮かぶ。

「約束しよう」

本当に気に掛けてくれていたのね。

反省した人はもう怒れないわね。

「あれは、お兄様は女ったらしだからついやってしまったのだと思うことにします」

この程度の厭味で許してあげましょう。

「失礼だな。ではお前は思っていたより子供だったわけだ」

まあ、許されたとわかった途端にずいぶんなことを。

「子供なんじゃありません。慎み深いと言ってくださいな」

「そうだな。慎み深く、貞節な乙女だ。女ったらしではないが、その純粋さを知って、からかってみたくなったことは認める」

「私は別に純粋ではありませんわ」

「いいや。私が知っている女性達よりも、高潔だ」

「もういいわ。許してあげますから、お世辞を言わないで、むずがゆくなってしまうわ」

「世辞ではないが、またしつこくして嫌われたくないから、この辺にしておこう」

彼はスッと肘を出した。

「よければ」

と言われてその肘に手をかける。

触れ合っているが距離はあるから安心して並んで歩ける。

安心したのは、彼が襲ってくることを恐れているのではない。彼が不用意に近づいた時にうろたえてしまう自分を知られずに済むという安心だ。

妹が兄を意識するなんておかしいもの。

「街へ行きたくないのなら、そこらを遠乗りはどうだ？　乗馬の腕はずいぶんよかったぞ。私もここへ来てから運動不足だったので身体を動かしたい」

「近くに貴族の集まる馬場があると聞いたわ」

「そういうところはいい」

行きたかったわけではないけれど、即座に却下されて、彼がまだ私を妹と認めていないと知らされる。

だって貴族の集まるところには彼を知る人もいるだろう。そこに私を連れていきたくはないのだ。

「そうね。私も馬場より森を行く方が好きだわ」

食堂の前で、私は彼から手を離した。

中にはアンナがいるから。

「どこかいいところを知っているか？」

「私はわからないから、アンナに訊いてみるわ」

「そういえば、お前はどこで乗馬を習ったんだ？」

「秘密よ」

私には、秘密があるのと今更匂わせて。


朝食の時、アンナはまだお母様の熱が下がらないことを心配していた。

「ここ数日は嬉しすぎたのでしょう」

と笑ったけれど、念のため今日のお食事はずっと別にした方がいいと判断した。

「顔を見に行く程度は大丈夫か？　あまり具合が悪いのならば、医師を呼んだ方がいいのではないか？」

ローフェンも心配したが、アンナはそこまでではないと答えた。

「お部屋に伺うのも、お話をなさるのも大丈夫ですわ。お熱の方も、医師から薬をいただいておりますし、前にもこういうことはございましたから。医師から、三日お熱が下がらなければ連絡をしなさいと言われておりますので、そのようにいたします」

「そうか。今までずっと母上についていたお前がそう言うのならばそうなのだろう」

私と違ってアンナの言葉は信用するのね。

でも当然か。彼女はお母様のご実家から付いてきているのだから。

と言うわけで、私達は一日することがなくなってしまったので、ローフェンのお誘いに従って遠乗りに出掛けることにした。

お母様にご挨拶《あいさつ》をしてから、バスケットにお昼を詰めて馬に。

アンナは遠乗りの場所に心当たりはなかったが、外回りをしてくれている召し使いの男性が、街道沿いにある森に土地の者が遠乗りに行くと教えてくれた。

街道が近いので、鬱蒼《うっそう》としているということもなく、馬を走らせる道もある。何より奥に水の綺麗な泉があって、その水を求めてゆくのだとか。

透明度の高い泉、と聞いて、私達はそこへ向かうことにした。

アンナに見送られ、昨日とは反対側、街から離れた方向へ向かう。

街道はゆっくりと走り、教えられた森へ。

人影は、少なかった。

街を見てしまったせいか、すれ違う人もいない道は、どこか寂しい気がした。

「人がいないのね」

「こちら側は個人所有の建物だし、持ち主は王侯貴族ばかりだからな。ガチャガチャはしていないのだろう。もう少し行くと、北のレファ国に続く街道に出る」

「レファに行ったことはある？」

「いいや。だが我がドーガとレファは、現在親交を深めようと努力をしている。きっといつか行くことになるだろうな」

「親しくなるかしら？」

「レファは我が国の北と西に隣接する細長い国だ。だが二国の間には山脈があり、敵対国ではないが親交が難しかった。しかし二年前に大きな街道が通り、人も品も流通するようになった。これからはもっと交流が進むだろう。ここにもレファの人間がずいぶんと来るようになったしな」

「ここはレファだけでなく色んな国の人が来ていると聞いたわ」

「ああ。ここはちょうど盆地のようになっていて、気候の変化が少なく、保養にはちょうどいいからな。それに、我が国は強大な軍を有しておきながら戦争を避けている。強い中立国というわけだ。中立国を謳《うた》っていても、弱ければ意味がない。強いからこそ皆が我が国の中立を認めている。そのせいで他国の揉《も》め事《ごと》の仲裁を頼まれるなど、王は忙しいが」

　男の人って皆そうね。

　自分の国を語る時、目を輝かせる。嬉々《きき》として、まるで自分の手柄を話すように。

　その後も森の入り口まで、ローフェンは国と王の自慢を続けた。

私はさほど詳しくない話だったので、興味深く耳を傾けた。

「レファとの街道はもう一本作るべきだと思うのだ。レファは北の海に接していて、我が国にはない資源も有している。だがそのためには資材も人も必要だ。つまり金銭だな。それを出すためには、お互いに『街道を造る必要がある』という理由を作らなければならない」

「でも有益なら王様もお金を出してくれるのではないの？」

「それだけ大きな金が動くとなると、王の気持ち一つではどうにもならない。議会の賛同も必要だ。だが議会というものは『理由』を求める」

「交易が盛んになれば国が潤う、というのは理由にならないの？」

「最初の街道の成果がはっきりするまで待つべきだと言われている」

「成果はあったのでしょう？」

「あればあるで、これで十分と言うのだ。街道を通すというのはそれだけ大きな事業ということだな。あれが入り口じゃないか？」

最後の一言は、森にぽっかりと開いた小道を示してのものだ。

馬が踏み固め、そこだけ草の生えていない地面が森の奥へと続いている。

「ああ、やはりそうだ。標識が立っている。『セーナの泉』と書いてある」

小さな看板は、土地の者が作ったのか少し傾いていた。

「あまり飛ばさないようにしてやるから、遅れるなよ」

「遅れるものですか」

手綱を鳴らし、馬に走れと促す。

その途端、風が私の頬を撫《な》でた。

整備されていない森の小道は、まるで緑のトンネル。

枝を張った木々が作る天井からは、風がそよぐたびに陽光が木漏れ日を降らせる。

森林特有の、澄んだ空気を割って、馬は走った。

二頭が並ぶほどの広さがないので、彼が先、私が後ろで進む。

前をゆくローフェンの背中は動かず、彼の乗り手としての技術の高さを教える。ヘタな人は上体がふらふらしてしまうものだもの。

振り向きもしないのに、二頭の距離が変わらないのも、偶然ではないだろう。

馬の蹄《ひづめ》の音で距離を測っているのかもしれない。

暫く行くと、道幅が広くなったので、私は彼の隣に轡《くつわ》を並べた。

彼が私を見て微笑む。

私も彼に微笑み返す。

乗馬を楽しむのに十分な距離を走った頃、道は行き止まりとなり、開けた場所に出た。

「泉だわ」

広い場所の片隅、小さな泉がある。

広場には少し不格好なテーブルと椅子も置かれていた。多分、水を汲《く》みに来た人の休息所だろう。

私達は馬を下りて近くの木に手綱を結わくと、早速泉に近づいた。

申し訳程度の板で作った足場が泉に向かって張り出している。そこから水を汲むためだろう。

かがんで手を差し入れてみると、水は冷たかった。

「綺麗だわ」

「ああ、本当だ」

底が見えるほど透き通った水。

彼も隣に座って手を入れ、水をすくい上げて口に運ぶ。

「美味《うま》い」

そして今度は両手を入れて水をすくうと、それを私に差し出した。

「飲んでみろ」

おずおずと彼の手に口を寄せ、水を飲む。

確かに冷たくて美味しかったが、それよりも彼の手に唇が触れたことの方がドキドキした。

「容《い》れ物《もの》を持ってくればよかったな。母上にも飲ませてさしあげたかった」

「お茶を入れてくれたビンがあるわ。あれに入れて帰りましょう」

広場から先に進む道も見えたが、そこはもう馬が入れるようなものではなかったので、私達は歩いて辺りを散策した。

老人が大きなビンを持って水を汲みに来る。

私達に気づいて軽く会釈しながら、ビンを泉に沈めていっぱいにし、重そうにそれを持って引き返していった。

老人が去ると、また二人きりになり、鳥の囀《さえず》りが聞こえる。

「いいところだな」

と言う彼の声が、風の囁《ささや》きのように優しかった。

私達は不格好な椅子とテーブルを使ってお昼を広げ、沢山の他愛のない話をしながら、昼食をいただいた。

お母様の容体が心配だから、早めに医師を呼んではどうか。

今度街へ行ったら、ボートに乗ろう。遊覧船というのも面白そうだ。

ジャムを買ってくればよかった。

料理人が作るパンがとても美味しいから、たっぷりと付けて食べたいわ。

ローフェンの部屋から湖が見えないのが不満だ。クレアの部屋からは見えるのか？

私が焼く菓子は誰が教えてくれたのか。

庭に、サンザシを植えてはどうか、などなど。取り留めのない話題。

一瞬、冷たい風が吹き抜けるまで、会話は止まらなかった。

だがその風が吹いた途端、ローフェンは顔つきを変えた。

「雨が来るかもしれないな」

「雨？　天気はいいわ」

「いや、ここからは木々が邪魔して見えないが、雲が近いだろう。風が冷たくなる時には、雨が近づいてきた知らせだ。降り出す前に戻った方がいい」

見上げた空には、雲が少し浮かぶだけだったが、確信を持った彼の言葉に従うことにした。

荷物を片付け、お茶を入れてきたビンをすすいで泉の水を汲み、それを入れたバスケットはローフェンの馬に載せた。

駆け抜けてきた森の道を、今度はゆっくりと戻る。

冷たい風はもう吹かなかったが、空の雲は増えた気がした。

暫く進むと、何かが聞こえた。

動物の鳴き声？

目の前で、ローフェンが馬を止めたので、私も馬を止める。

次の瞬間、今度ははっきりとした声が聞こえた。

「助けて！」

人の声。

聞こえた途端、ローフェンは馬を走らせた。

「待って！」

私も慌てて後を追う。

「お前は来るな！」

と言われても、ここに一人で置いていかれるのも怖い。

誰かが、助けてと叫ぶようなことが起こっているのだもの。

ローフェンの馬は私を置いてぐんぐん進んだ。

だが距離が離される前に、声の主が見えた。

若い女性が髪を振り乱して走ってくる。

その後ろには、数人の男達が彼女を追ってくるのも見える。

ローフェンは、すかさず両者の間に馬を入れた。

突然現れた第三者に男達は怯んだが、すぐに彼に向かって構えを変えた。

「貴族の坊ちゃんが正義の味方きどりか？」

男の数は五人、多勢に無勢だわ。

「お前はそこで待て！」

　一言、彼が私に命じた。

　私は馬を下り、女性に駆け寄ると、彼女を自分の馬に乗せようとしたが、座り込んでしまった彼女は立つこともできなかった。

　全身が震えている。

「立って。馬に乗るのよ」

「足が……」

　恐怖で腰が抜けてしまったのね。

　でも彼女が馬に乗ってくれなくては、逃げることもできない。

　手を取って、何とか立たせようとしながらローフェンを見ると、男達が剣を抜いたのが見えた。

　ローフェンは、剣を持っていたかしら？

　いいえ、遠乗りに来ただけだもの、彼は剣を下げていなかったわ。

　足元に蹲《うずくま》る女性の恐怖が、私に伝染する。

　それでも、私は動かないわけにはいかなかった。

　私は絶対にここで命を落とすことも怪我《けが》をすることも許されない。

「立って！」

強引に彼女の手を引いた時、男達が私に気づいた。

「新しい女だ」

「あっちもイケるぞ。さっさとそいつを倒しちまえ」

その声が響いた瞬間、彼は動いた。

「彼女を愚弄《ぐろう》するな」

身体を低くして、先頭にいた男に突っ込むと、あっと言う間に剣を奪い、男を蹴《け》り飛ばす。

「……立って」

素早い剣の動きが、男達の目の前をひらひらと舞う。

そのたびに男の悲鳴が上がり、手にしていた剣を取り落としてゆく。

「馬に乗るのよ」

剣先は男達の手だけを狙ったのだ。

ローフェンは彼等《かれら》を殺すつもりがない。それは高潔なことだけれど、相手に反撃の余地を残すということだ。

やっと彼女を立たせ、無理やり馬に乗せる。

「手綱をしっかり握って」

「私、馬には……」

「いいからそうなさい。決して離してはだめよ」
命令しながら、私の目はじっとローフェンを見ていた。
危険になったら、撤退を命じよう。
隙《すき》を狙われたら、助言をしよう。
けれどそれを実行することはなかった。
落とさせた剣は次々と彼が茂みの中へ蹴ってゆく。
手ぶらでも襲ってこようとするものを剣の柄《つか》で殴り倒す。
体格のいい男達が、次々と地面に倒れてゆく。
強いのだわ。
ローフェンは、とても強い。
「なんてお強い騎士様なのでしょう……」
馬上の女性が漏らす感嘆の声に、私も同意した。
ローフェンは、名のある騎士なのだろうと。
戦う彼から目が離せない。
心の奥底で、何かが囚《とら》われる。
しっかりと、摑まれたものが、彼の姿に引き寄せられてゆく。
いけない。このまま囚われてはいけない。

そう思うのに、やはり目は彼だけを見ていた。

最後の一人は敵《かな》わないと見て背を向ける。たが、彼は逃さなかった。

追っていき、襟首を捕らえると、剣の柄でその腹に一撃を加える。

手にしていた剣を地面に突き刺し、彼が戦闘の終わりを示したので、私は真っすぐ彼に駆け寄った。

「ローフェン！」

「外でその名を……っと」

身体ごとぶつかって、彼を抱き締める。

「怪我は？　無事？」

「当然だ」

笑って答えた彼の顔が急に真顔になる。

理由はわかっている。

私が泣いてしまったからだ。

「大丈夫だ。剣の使い手ならば苦戦したろうが、力任せに暴れるだけの者に負けるわけがない」

優しい手が、身体を包む。

「それでも……、心配したわ」

「すまなかった」

彼が私の頬にキスをする。

でも私は逃げなかった。

彼の温《ぬく》もりが触れることで、安堵が強まったから。いつまでもこうしていたいと願うほど、その手が、キスが、嬉しかったから。

これが私を慰め、落ち着かせるためのものだとわかっていても。

「もう大丈夫だ。この男達を拘束する間、お前は馬のところにいろ。仲間がいるかもしれないから、用心するに越したことはない」

「……はい」

離れる前に、彼はもう一度私にキスした。

「もう泣くな」

「ごめんなさい、ロー……、お兄様」

涙を拭《ふ》いて彼から離れる。

背を向けて、自分の馬の方へと歩きだす。

「お嬢様、あの方は大丈夫でしたか……?」

私の涙を見て、馬上の女性は心配そうな目を向けた。

彼女がいてよかったわ。見ている人がいる、と思うと強くなれるもの。

「ええ。心配して損をしたわ」

私は笑った。

そうすることができるように育てられているから。

「あなたは近くの方？　危ないから、送っていくわ」

「そんな、とんでもございません」

「いいのよ、私達も帰るところだったのだし。お家はどこ？」

彼女は戸惑いながらも、自分は近くにあるシスク侯爵家のメイドだと名乗った。

奥様のお供をして、近くの別荘に来たのだが、ここの泉の話を聞いて、奥様のために水を汲みにきたのだと。

「そう遠くないので、徒歩で来たのですが、森の入り口のところであの男達と出くわしてしまって……」

「彼等に仲間はいるのかしら？」

「わかりません。ただ、遠くから来たようなことは言っていました」

「街道沿いに、もっと警備を増やした方がよさそうだな」

背後から声がする。

「人の出入りはいいものばかりが来るとは限らない。おそらく、この辺りに貴族の別荘が多いと聞いて、よからぬ考えをもった者だろう」

ローフェンは私の真後ろに立っていた。

頭の上から響いてくる声に胸が騒ぐ。

「近くの、シスク侯爵のメイドですって。送っていってあげたいわ」

「もちろんだ。お前は人を乗せて馬に乗ったことはあるか？」

「ないけれど、ゆっくりなら大丈夫よ」

「私が乗せた方がよくはないか？」

「あんな目にあったのだもの、男性よりも女性の方がいいと思うわ」

「そうだな。では馬に乗れ」

彼の気配が離れるまで、私は後ろを振り向かなかった。

メイドを怯えさせないために私が同乗するというのは嘘。彼が、他の女性と相乗りするのを見たくなかったからだわ。

「少し前に詰めて」

「あ、はい」

危険だわ。

彼は『お兄様』なのに。

馬に跨《また》がってから見下ろすと、倒れた男達は彼等のベルトやそこいらの蔓《つる》で、気を失ったまま縛り上げられていた。

「彼等をどうするの？」

「シスク侯爵のところになら、警護の者がいるだろう。彼等から街道の警備兵に引き渡してもらう」

「それがいいわね」

「では、侯爵の別荘に道案内を頼む」

「はい」

ゆっくりと、道を進むと、入り口近くに大きなビンが転がっていた。きっと彼女が持ってきたものだろう。

森への入り口には、乗り手のいない荷馬車が停《と》まっていた。

これは彼等のものに違いない。

その横を抜け、メイドの案内に従って道を進む。

道案内をするメイドの声以外無言のまま道なりにゆくと、門番のいる大きな門の前に出た。

門番は私達に驚いて慌てて出てきた。

「お前は馬を下りなくていい。ここで待て」

ローフェンはそう言ってメイドを下ろすと、門番に声をかけた。

「お宅のメイドを送ってきた。誰か家の者を呼べ」

冷たい風が吹く。

見上げた空に雲が流れる。

嫌な天気だわ。

知らせを受けて出てきたのは、老齢の執事のようだった。

その男性に、ローフェンは「泉に向かう道に暴漢を縛ってきた。すぐに捕らえて街道警備に渡すように伝えろ」と言うと、名乗らずに門の外へ戻ってきた。

「急ごう。雨がきそうだ」

「ええ」

執事は彼に名前を訊こうと追ってきたが、ローフェンは振り向かず馬を走らせた。

まるで逃げるように。


馬がヒバリ荘に着いたのと同時に、雨粒がポツリと顔に当たった。

「間に合ったな」

ローフェンに背中を抱かれながら、二人で玄関に駆け込む。

それを待っていたかのように、雨足は強まった。

「間一髪だったわね」

言っている間に、アンナがタオルを持って現れた。

「おかえりなさいませ。お戻りになられてようございました。心配しておりました」

タオルを受け取り、身体を拭く。

「噂の泉の水を汲んできた。後で母上にお出ししてくれ」

「かしこまりました」

ローフェンが差し出したビンを受け取りながら、アンナは心配そうな顔をしていた。

「どうした？」

それに気づいて、彼が尋ねる。

「奥様のお加減《かげん》が……」

「母上が？」

「お薬をさしあげたのですが、お熱が下がらなくて」

「何だと？　医師は？」

「はい。お手紙をお出しいたしました」

「ちょっと様子を見てくる。クレア、お前は着替えてから来い」

「ええ」

ローフェンが行ってしまうと、私はもう一度アンナに尋ねた。

「そんなに酷いの？」

「わかりませんが、このところはお元気でいらしたので、余計に心配で」

「そうね……」

「それから、お嬢様。モーレン夫人からお手紙を預かってまいりました」

「夫人から？」

「お部屋に置いておきましたので」

「……そう。ありがとう。着替えてくるわ」

私はタオルを返すと、すぐに自室へ戻った。

デスクの上に、一通の封筒が置かれている。

嫌な予感がした。

すぐに手に取り中を開けると、内容は想像したとおりのものだった。

「最後通牒《つうちょう》だわ……」

目を通した便箋を手に、椅子に腰を下ろす。

いつか、この日が来るだろうと思っていた。

最初からわかっていたことだわ。

でもタイミングが悪すぎる。

「……いいえ、ちょうどよかったのかもしれないわ」

私はため息をつき、便箋を封筒へ戻した。

気分をよくするために、明るい色のドレスに着替え、階下におりた。

お母様の部屋へ向かうと、ローフェンが枕元に椅子を置き、お母様の手を握っていた。

「ほら、クレアも来ましたよ」

彼が促すと、お母様が私を見る。

「クレア……。ああ、大きくなって……」

その言葉に私は顔を強《こわ》ばらせた。

お顔が赤い。

熱が出たといっても、外見に現れるほどのものはなかったのに。

「お兄様、お母様をゆっくり休ませてさしあげた方がいいわ」

私は水差しからコップに水を移し、ローフェンに場所を替わってもらってお母様の手に渡した。

「ゆっくりお飲みになって」

ローフェンが背を支えて起こすと、お母様はコップを両手にもって一気に飲み干した。

「ごめんなさいね。身体は元気になっているのに……」

「気になさらないで。……何か、考えることはありまして？」

「いいえ。とても素敵だわ。たとえ身体が重くても、あなたとローフェンが側にいてくれるなんて、二人とも大きくなって……。夢のようだわ」

「現実ですわ」

ローフェンが言葉を挟んだ。

「現実なのですから、ゆっくり休まれて、三人でまた庭で食事をしましょう」

「ええ、そうね。あれはとても楽しかったわ」

弱々しい微笑み。

「もう少し眠られるといいわ。今日は雨だから、それでお加減が悪いのよ。晴れればきっとよくなるわ」

「そうね……」

私は彼に目で合図を送った。

「静かにしてさしあげましょう」

お母様が目を閉じたので、彼もお身体を戻してさしあげた。

黙って一緒に部屋を出ると、私はすぐに彼の腕を取って歩きだした。

「おい、何だ?」

「いいから」

強引に、あの一番奥の部屋へ彼を引き入れる。

気まずくはあるけれど、召し使い達に聞かれないためには、ここが一番いいと思ったからだ。

「ローフェン、お願いがあるの」

向き直り、彼の目を見つめる。

「逢《あ》い引《び》きでもしたいと言い出すのかと思ったが、どうやら真面目《まじめ》な話のようだな。母上のことか？」

「ええ、そうよ」

「何だ？」

彼はあの長椅子に座り、私にも隣に座るよう手で示した。

「今日は紳士でいよう」

私が戸惑っているのを見て、そう付け加えて。

それでも、ちょっと距離を置いて一番端に座る。

「それで？　お願いって？」

もう一度尋ねられ、私は彼に身体を向けた。

「お父様に手紙を書いて」

「父上に？」

「お母様の状況は、今までとは違うわ。だからお願い、一度だけでいいから会いにきてくれるよう頼んで。アンナの手紙ではダメだったかもしれないけれど、息子のあなたからなら聞き届けてくれるかもしれないわ」

「それは私が父上に黙ってここに来たことを知らせることになる」

「自分のことよりお母様が大事、とは思えない？」

　彼は一瞬口を閉ざした。

「何故、お前が手紙を書かない？」

「……え？」

「私が『息子だから』と言うのなら、お前も『娘』だろう。お前が父上に書いてみたらどうだ？」

「私はずっと忘れられた娘よ。聞き入れてくれるわけがないわ。でもあなたは跡取り息子で、お父様の手元で育てられた。あなたが心から願い出れば聞いてくれると思うの」

　それでも彼はすぐに返事をくれなかった。

「父上はもう母上のことに触れたくないのかもしれない」

「いいえ、違うと思うわ」

「何故そう思う？」

「このヒバリ荘を見て？　ここはとても素敵な場所だわ。建物も立派で、暮らすには快適よ。もしお母様に心を残していないのなら、人目に触れることのない山奥にでも閉じ込めておけばいいのよ。いいえ、離縁したっていいはずよ」

「離婚はできない」

「何故？」

「体面があるからだ」

冷たい言葉だけれど、納得できないことはない。

「だとしても、今言ったように、ここはお母様が暮らしやすいようにできているわ。それだけじゃない。使用人も一流よ。ここでのお食事の美味しさはあなたも味わったでしょう。それにお母様のワガママを皆、叶《かな》えてあげている。現れることのない子供のために、部屋を作り、毎年新しい服をあつらえ、色々なものを買い揃えている。そのお金は決して安いものではないでしょう。それでも、お父様は『止めろ』と言わずにお金を出してらっしゃるのよ？　心が残っていないとは思えないわ」

彼も、私の考えに賛同したようだった。

肘掛けに置いた手に顎を載せ、考えを巡らせている。

そうよ、考えて。

考えて、私の望みを叶えて。

「確かに……。私もずっと不思議だった。父は、決して私に母の悪口などは言わなかった。病気なのだから仕方がないとしか。父の失態の話を聞いた後は、負い目があるからだろうと思っていたが、それだけではないのかもしれないな」

「私は、お二人の間に愛があると思っているわ」

「愛が？」

「ええ。お母様は今もお父様を愛してらっしゃる。だから一度であっても過ちが許せないのよ。でも今はもう許してらっしゃると思うの。私に語るのは、いかにお父様が素敵だったかということばかりですもの。過ちを許しても、家を出てしまった以上自分からは戻れないと思っているのではないかしら？」

「それなら、母上から手紙を書けばいい。戻りたい、と」

いいアイデア、というより当然だろうという顔で彼が言った。

「女心がわかっていないわね。自分から背を向けてしまったのだもの、言えるわけがないでしょう」

私の言葉に彼が少し不満げな顔をする。

「女性から謝って当然だ、なんて言わないでね」

「言ってないだろう」

「それならいいわ。それで、お父様の方はお父様で、背を向けられたのだからもう一度近づくのを恐れているのではないかと思うの。でも、今言ったように、愛情は示してらっしゃるのだから、きっかけが必要なのよ」

「きっかけ、か」

「それがお兄様のお手紙よ」

身を乗り出し、さらに訴える。

「アンナでダメだったのは、アンナがお母様のために動いてしまうからだわ。大したことがなくても、『大変です』と言っているのかもしれないと疑うのよ。でもお兄様からなら、本当に大変だと思ってくださるのではないかしら?」

「来て、また追い返したら?」

「いいえ。お会いになれば大丈夫よ」

「その根拠は?」

「あなたに会って、お母様の様子が変わったからよ」

「私と会って、父に会いたいと思うようになった、ということか?」

本当はそうではないのだけれど、私は頷いた。

「あなたはお父様のお若い頃にそっくりだそうだもの」

「……確かに母上は何度も私に似ていると繰り返していたな」

私は聞いていなかったけれど、そうなのね。

「お願い。どうしても今でなければならないの。お兄様からお父様に、お母様がとても危険な状態だから、お顔を見るためだけでも来て欲しい。お母様と話をして欲しい、と手紙を書いて。それを早馬で出して」

「早馬で？」

「時間がないの」

「そんなに危険だと思うのか？　いや、確かに今日のご様子はずいぶんと弱々しいように見えていたが……」

もう一度、彼は考えこみ、ふっと顔を上げた。

「わかった。すぐに書こう」

「ああ、ローフェン」

「思いきり危ないと書いてやろう。すぐにでも来て欲しいとな」

「ありがとう！」

私は喜んで彼に抱きついた。

だがすぐに、ここで起こったことを思い出してパッと離れる。

「失礼。はしたなかったわ」

「いやいや、歓迎だよ。そんなに感謝されると思わなかった。それじゃ、私はすぐに手紙を書くから部屋に戻ろう」

今日は紳士、というのを守るかのように、彼は何もせずに立ち上がった。

「母上は明日をも知れぬ状態だ。どうか来て欲しいと書く。早馬なら手紙は今夜には届くだろう」

「それなら明日には来るわね？」

「それはわからないが、来てくれることを祈ろう」

彼は窓の外を見た。

降り出した雨は静かに降り続いている。

「天候の問題もあるしな」

そして彼は出ていった。

雨……。

それは理由になるかしら？

私は窓辺に近づき、湖を眺めた。

暗く広がる水面を。


私が夕食の手伝いをしているとき、アンナが来て、ローフェンが出掛けたことを教えてくれた。

「お手紙を出しに行かれたようです」

彼は約束を守ってくれたのだわ。

「私、お願いしたの。彼からお父様に手紙を書いてって」

「ローフェン様は了承なさったのですね？」

「ええ」

私は後を料理人に任せ、アンナと厨房を出た。

「……お母様の様子、いつもと違うでしょう？」

「はい。私も感じました」

「お医者様をお呼びした方がいいかしら？」

「医者は何もできませんわ」

諦めたような彼女の口調に、私は苦笑した。

「お茶いかが？　アンナ」

「私は……」

「いいじゃない。私は飲みたいし、もしローフェンが戻ってきても、私が同席するように命じたと言うわ。二人でお茶を楽しむ機会はもうないかもしれないし」

私が言うと、彼女はハッとして頷いた。

「では、ご用意いたします」

「お菓子も食べたいわ」

「奥様にお出ししようと思っていた焼き菓子がありますわ。先ほど少しだけお召し上がりになったので、沢山残ってますの」

「お菓子も召し上がらなかったの？」

「はい」

「そう……。応接間で待ってるわ」

「はい」

応接間に行き、椅子に座る前に窓辺に近づいた。

さっき、ローフェンが天候のせいでお父様が来られなくなるかも、と言っていたので空を見上げる。

雲は薄く灰色で、そう長い雨になるとは思えなかった。

さっき湖面を見た時には風もないようだったし、明日には止《や》むかもしれない。

戻って椅子に座ると、アンナがワゴンを押してやってきた。

「どうぞ」

「隣へ座って」

「ですが……」

「いいのよ。私、アンナが好きだから、近くでお話ししたいの」

彼女は私のワガママを聞き入れ、お茶をセットすると私の隣に腰を下ろした。

「召し使いが主《あるじ》と席を同じくするなんて、考えられませんわ」

「主でも、お客様でも、望まれればそれに応えるのも召し使いの仕事でしょう？」

私が微笑むと、彼女はため息をついた。

「困らせたいわけじゃないのよ。ただ、大きな声で話をして、召し使いや戻ってきたローフェンに聞かれると困ると思って」

「奥様のことでございますか？」

「ええ」

私はお茶で口を湿らせてから再び口を開いた。

「お身体の方は、だいぶよくなっていると思うの。ずいぶんとお食事も召し上がるようになっていたし」

「クレア様のお陰ですわ」

「私は大したことはしていないわ。お心の方は……」

「それもクレア様がよくしてくださるので……」

「いいえ。私だけではダメなのよ」

彼女はカップを手に取ったが、なかなか口を付けようとはせず、膝の上に置いたまま私の顔をじっと見ていた。

実家からずっとお母様に付き従い、ここまできたのだもの。アンナはお母様のことを愛しているのね。

「あなたから見て、ローフェンはお父様の若い頃に似ていると思う?」

「それはもう」

「では、お母様は彼を見て、昔を思い出しているのかもしれないわね」

「昔、でございますか?」

「ええ。お父様を愛してらした頃のこと、ローフェンが生まれた時のこと、私が生まれた時のこと。色々と辛《つら》いこともあったでしょうけれど、時間が経った。その中で、ローフェンを見ていると、一番幸せだった頃のことを思い出すのではないかしら?」

皺《しわ》の刻まれたアンナの顔が、どこか遠くを見る。

それからやっと、お茶に口を付けた。

「確かに、あの頃は幸福でございました」

「私、ローフェンにお母様が死にそうだからすぐ来て欲しいと手紙を書いてもらったの」

「まあそんな嘘を。その内容でしたら私が書いてもだめでしたのに」

「ええ、アンナではだめだったの。だからローフェンに頼んだのよ。アンナはお父様を呼び寄せるために嘘を書くかもしれないと思われているのではないかと思ったの。でもローフェンは嘘は書かないと思ってくれるのではないかと」

「それは……」

「私、お父様は来てくださると思うわ」

「クレア様」

私はローフェンに説明したのと同じことを繰り返した。

このヒバリ荘が、お父様の愛情の証《あかし》だろうと。

「それでね、もしお父様がいらしたら、アンナから説明して欲しいの。私がここにいる理由を」

「……旦那様はご存じです」

目を落として答える彼女に、驚いた。

「そうなの？」

「はい。だからこちらにいらっしゃらないのだと思います。クレア様のおっしゃるとおり、旦那様も奥様を大切に思ってらっしゃると思います。だからこそ、奥様をご覧になるのがお辛いのだと……」

「でもそれじゃ解決にならないわ」

アンナが悪いわけではないのに、強く言うと、彼女は項垂《うなだ》れた。

「私。お母様に幸せになって欲しいの」

「私もです」

互いに目を見交わして微笑み合う。

「お嬢様のおっしゃりたいことは、大体わかりますわ」

彼女はカップを置いて、菓子をつまんだ。

手で割って、口に運ぶ。

さっきまでの遠慮していた態度からすると、まるで開き直ったようにも見えた。

「私がちゃんと説明いたしますわ。たとえどんなに叱《しか》られても。私は悪いことをしたとは思っていませんもの」

「悪いことなどしていないわ。お母様をお守りしているだけよ」

「ありがとうございます」

私も菓子を手に取り、口に運んだ。

「ねえ、ローフェンの小さい頃の話をして。アンナは側にいたのでしょう?」

「はい。生まれたばかりのローフェン様を抱いたこともございます。お父様と同じ金髪でしたので、奥様は喜ばれて……」

話が幸せだった頃のことになると、彼女は嬉々として話し始めた。

ローフェンの産着《うぶぎ》はアンナが作り、お母様が刺繍《ししゅう》を入れたこともあったとか、あまり夜泣きのない子供だったとか。

けれど話はいつしかお母様のことになり、アンナが初めてお母様にお会いした時のことなどを夢見るように語り続けた。

私が生まれた時のことも、その後のことも。

お母様と一緒にこちらへ来て、もうずっとこんな話をする相手もいなかったのだろう。

お茶を飲むのも忘れて、私達は会話を続けた。

「客が来ているのかと思ったら、アンナか」

ノックもなく、ローフェンが入ってくる。

その途端、アンナは立ち上がろうとしたが、私が手で制した。

「女同士の語らいよ。私が隣に来てってお願いしたの」

「彼女は召し使いだぞ？」

「今は私の話し相手よ。お話をする相手が立っているのは嫌いなの」

「まあいいだろう。だが、できればそろそろ夕食にしてもらいたいな」

「あら、もうそんなお時間？」

「外は暗いよ。いつから話をしてたんだ」

呆れた、という顔をされてしまった。

「お嬢様。私はお食事の支度をしてまいります」

「そうね。それじゃ、解放してあげるわ」

私が引き留めていた、ということを強調するために『解放』という言葉を使って彼女を送り出す。

代わってローフェンが私の向かい側に座った。

「私もお茶を貰《もら》おうかな」

「もうお湯が冷めていてよ？」

「温かいのが欲しい」

わがまま、とは言わなかった。

彼は手紙を出しに、雨の中、街まで行ったのだろうから。

その証拠に、髪が濡れているもの。

「お湯をいただいてくるから待っていて。すぐに身体を拭くものも持ってくるわ」

「それには及ばない」

ドアが空き、アンナがタオルとポットを持ってきてくれる。

ローフェンはタオルを受け取り、私はポットを受け取った。

彼が髪を拭いている間に新しくお茶を淹れ、カップを差し出す。

ローフェンはミルクを落としたそれを一気に飲み干すと、私に言った。

「手紙を出してきた。早馬で今夜中に着くようにして。結果が楽しみだな」

まるで挑むような口調で。

「とても、楽しみだ」

夜中降り続いた雨は、朝方に一度止んだが、空は晴れなかった。

お母様の熱も下がってきたけれど、まだ微熱が続き、起き上がることはできない。

お食事は召し上がってくださったけれど、量は少なかった。

みな、何とも曖昧《あいまい》な状況だ。

ローフェンも今日は外出せず、家にいた。

私は部屋で片付けをしていた。

昼食に降りてゆくと、ローフェンはアンナと話をしていた。

私に気づくと、彼は私にも話に加わるようにと言った。

「お食事は？」

「では食事をしながらにしよう」

「食後にしましょうよ。いくら命令でも、アンナも食卓に同席では、食べた気がしないでしょう」

アンナも私の意見に同意したので食後に話をすることにした。

「どうか、私に席に着けという命令は、もうご勘弁ください」

ということで、応接間で、食後彼女は立ったまま、暫く三人で話をした。

主な話題は、お母様の病状だ。

だが、詳しい状況はアンナにもわからず、過去のことの話に留まった。

やがてアンナが退席すると、彼は私に訊いた。

「もし、母上が家に戻るとなったら、お前も一緒に来たいか？」

「そうねぇ……。まだ何も考えてないわ」

「我が家の娘となれば、社交界にデビューし、贅沢な暮らしができるぞ？」

「あまり興味がないわ」

「何故？」

「何故って……」

私は答えに窮した。

「本当に考えたことがないのですもの。それに、私はここが好きだわ」

「まさか、ここにずっといるつもりか？」

「それもいいわね」

私が笑うと、彼は考えこんだ。

「……わからないな。お前が本物でも偽者でも、何の欲もないなんて」

「目的はあるわ。お母様の幸せよ。あなただって、欲のある目的のためにここへ来たわけではないでしょう？」

「それはそうだが……」

「ならいいじゃない。他に特に用事がなければ、私は部屋にいるわ」

「母上には会わないのか？」

「後で顔を出すわ。今は落ち着くことが一番ですもの。声をかけて混乱させたくないの」

「では、私も顔を出さない方がいいかな？」

「ローフェンのことはローフェンが決めていいわ。お母様が会いたいと思っていれば、アンナにそう伝えるでしょう」

私の答えが不服だったのか、彼は不満げだった。

「今日はずいぶんあっさりしているな」

「緊張しているのよ、お父様がいらっしゃるかもしれないから」

だがその答えには納得したようだった。

「それじゃ、また夕食に」

私は部屋へ戻り、再び片付けを続けた。

お父様がいらっしゃるのは何時ぐらいかしら？

昨日の夜に手紙が到着したなら、朝一番に発《た》ってくださるかしら？

お父様は王都にいらっしゃるのか、領地にいらっしゃるのか。その領地だとしたら、そこはここからどれほど遠いのかしら？

ローフェンは明日には、つまり今日の夜にはいらっしゃるかもしれないと言っていた。

でもお忙しいなら、出発するまでに時間がかかるかもしれないわね。

私は窓の外を見た。

雨は止んできたが、時折パラパラという音が聞こえるところをみると、完全に止んだというわけではなさそうだ。

この辺りに長雨が降るのは珍しい。

早く止んでくれればいいのに。

ヒバリ荘に、重苦しい空気が漂っているのは、きっと天気のせいだもの。

だがその日は一日中曇ったまま、時折雨粒を落とす天気で、ヒバリ荘を訪れる者はいなかった。

私も、アンナも、ローフェンも、落胆を隠せなかった。

そしてその翌日も、天気は悪く、風と共に雨が落ちていた。

起きて一番にアンナに尋ねたが、来訪者はないとのことだった。

朝一番ででは当然よね。

苛立《いらだ》ちながらも時間を過ごし昼も過ぎてしまった。

来ないのだろうか……。

お父様は、お母様が大切ではなかったのだろうか？

ローフェンには母親への愛があったが、お父様には妻への愛情がなかったということなのだろうか？

この美しいヒバリ荘は、ただ捨て置いていることへの謝罪でしかなかったのだろうか？

だとしたらお母様がせっかく元気になっても意味はない。

悶々《もんもん》とする私の気持ちを表すように、天気は夕方近くになってから急変した。

時折降るだけだった雨が、強く降り始めたのだ。

「この辺りのことには詳しくないから、この天気がどうなるのかがわからないな」

ローフェンも窓から外を眺めて呟いた。

「ここいらは天候が荒れることが少ないからこその保養地なのだろう？」

「ええ。私は初めて。アンナは？」

問いかけられても答えを持たない私は、アンナを見た。

「以前にもございました。……まだクレア様がお小さい頃です」

「その時はどうだったんだ？」

「酷い雨が数日続きましたが、この屋敷は無事でございました。料理人に聞きましたら、十年に一度くらいはこういう嵐《あらし》が来るそうです」

と言われても、強まる雨足は不安を煽《あお》り続けた。

「私、お母様の側についているわ」

私が立ち上がると、アンナもそれに倣った。

ローフェンはとりあえず屋敷の外を見回ってくると、マントを羽織って男の召し使いと共に出ていった。

お母様は天気に関しては意外と恐れを抱いていなかった。

「凄い雨だわ」

と言ったけれど、カーテンも閉めずに外を眺めていらした。

「奥様。今夜は私がご一緒いたします」

「大丈夫よ、アンナ」

「いいえ。何かあっては心配ですから」

私もアンナの提案に賛成した。

「そうなさった方がいいわ、お母様。そうしていただけると、私が安心いたしますもの」

「クレアに心配をかけてはいけないわね」

お母様はそう言って、また外に目を向けた。

「あの方も……、嵐の時には側にいてくれたわ」

『あの方』、というのがお父様のことであるのはすぐわかった。

「だから嵐は嫌いではないわ。それに、私がこんなことで怯えていてはしめしがつかないでしょう?　こういう時に困るのは農民ですもの」

「私も参ります」

「さようでございますね。お心のお強いことでございます」

アンナがそう言いながら布団をかけ直してあげる。

「私は心が弱いわ……。こんなことではいけないのに……」

そしてお母様はそれきり黙ってしまった。

私は後をアンナに任せて部屋を出た。

アンナが一緒に寝てくれるなら、ベッドを運ばせなくちゃ。

雨がこれ以上酷くならないといいのだけれど。

このまま、お父様がいらっしゃらなかったら……。

ローフェンだって、いつまでもここにいられるわけではないだろう。そうなれば、お母様は再び孤独になってしまう。

孤独は、お母様の身体を弱くする。

そしてお心も。

これでは何のために私がここにいるのか。

「クレア」

ローフェンが外から戻ってきて私に声をかけた。

「ずぶ濡れだわ。ちょっと待っていて」

急いでタオルを取ってきて、彼の身体を拭《ぬぐ》う。

「外は大丈夫だった。母上は？」

「落ち着いてらしたわ。今夜はアンナが一緒の部屋で休んでくれるそうよ」

「そうか。それは安心だな」

「ええ……」

私の返事が芳《かんば》しくないので、彼はからかうように私の頭を叩いた。

「どうした？　いつもの元気がないな。嵐が怖いのか？」

「怖いわ。風も強くなってきたし……」

本気で答えたのに、彼は笑った。

「意外だな。お前はなにものにも動じないタイプかと思った」

でも、慰めるつもりだったのか、また頭を軽く叩いた。

「失礼ね。私だって普通の女の子よ。幽霊や雷は大嫌いだわ」

その手を振り払って背を向ける。

「すねたのか？」

「別に。それより着替えてらした方がいいわ。風邪を引かないように」

「そうしよう」

八つ当たりだわ。

わざわざ雨の中、見回りに行ってくれたのに。

自分で自分が嫌になって、ため息をつく。

その吐息の音を隠すように、また一際《ひときわ》雨の音が強くなった。

「本当に嫌な天気だわ……」

強くなる雨音に、私はゾクリとするものを感じた。

嵐がもっと酷くなりそうな気がして。


悪い予感は当たってしまった。

夕食を終え、部屋に戻ると、雨音は騒音と言えるほど強まり、遠く雷の音も聞こえてきた。

その音にビクつきながら私はナイトドレスに着替え、ガウンを羽織った。

ベッドに入るにはまだ早い時間だけれど、早く寝てしまいたい。けれど眠れそうもないと思いながらベッドの上に座る。

雷は嫌い。

あの光も、音も。

怖い物みたさというのではないけれど、外の様子を見ようと窓に近づき、カーテンの隙間からそっと庭を見る。

建物から漏れる明かりが届くところは見えるが、外は真っ暗で何もわからない。

湖のあるところは、本当に真っ暗だった。

やっぱり早く寝てしまおう。

カーテンを閉めようと思った時、空が光った。

「きゃっ！」

音は、暫く経ってから、遠く響いた。

「大丈夫よ。光と音の間が空いている時には雷は遠いって言うもの」

自分に言い聞かせるように言って、カーテンを閉じる。

再びベッドの上に座ったけれど、眠気は全くなかった。

こんなにドキドキしたままでは、どう頑張っても眠れそうにないわ。

仕方なく、本を開いてみたが、雨の音が強くなるたび、風が窓ガラスを揺らすたび、遠雷が響くたび、身体を硬くしてしまう。

本に集中することもできそうもないわ。

ああ、どうして今になってこんな天気になってしまったのかしら。

これではお父様がいらっしゃるわけはないわ。

いいえ、いらっしゃるのなら、こんなになる前にいらしてくだされぱいいのに。

手紙を出した時には、小雨《こさめ》だったわ。
受け取ってすぐに出立してくれれば、今頃ここに到着していたはずよ。
ここは観光地で保養地と、人の出入りが激しいところ。だから街道は整備されている。
山道を進むのではないもの、あの時の雨なら来られたはずよ。
なのに未《いま》だにお父様はいらっしゃらない。
どうしてなの？
こんなに素敵な屋敷を与えておきながら、お心はもう離れているというの？
何故あんなに可哀想な女性を放っておけるの？
その時、カーテンを透かすほど強く外が光り、大きな音がした。
「きゃあ！」
雷が近づいてきている。
私は慌ててベッドに入った。
入ったからといってどうなるわけでもないのに。
そして再び落雷の音が響く。
「いやっ……っ」
怖い。
家の中にいれば大丈夫だとわかっていても、怖い。

近づいてくる雷は連続的に鳴り響き、音もどんどん大きくなってくる。

怖くて、怖くて、涙が出そう。

その時、続く雷に混じって、ノックの音が響いた。

「どうぞ！」

誰でもいい。

一人でいたくないから、入室を許可する。

扉が開いて入ってきたのは、ローフェンだった。

「悲鳴が聞こえたから様子を見に……」

彼が話をしている途中で、今までで一番大きな雷が鳴った。

「キャー！　キャー！」

思わず頭から布団を被って、潜り込んだ。

「クレア」

「雷が……」

「大丈夫だ」

ローフェンが布団の上から抱き締める。

「この屋敷には落ちないよ」

「でも……」

布団が捲《めく》られる。

ローフェンが優しく笑いかける。

「まだ遠い」

「これでまだ遠いの……？」

「ああ。ほら、泣くな」

「泣いたりなんかしてないわ……」

「だが目が潤んでる」

指が目元をすくい上げる。

「濡れてる」

涙をすくった指を見せられ、恥ずかしくて顔を背《そむ》ける。

「ちょっと驚いた……」

そこでまた雷が鳴った。

「いやっ！」

思わず彼に抱き着くと、ローフェンはそっと私の身体を抱き締めた。

「大丈夫、大丈夫」

子供にするように、回した手で背中を叩く。

「こうしていれば、少しは音が聞こえなくなるだろう？」

と言って、さらに包み込むように抱き、布団で私をくるんだ。

「雷と幽霊が怖いというのは本当だったんだな」

「お……、女の子はみんなそうよ」

「雷が鳴る時に女性といたことがないからわからなかった」

彼の腕の中は、温かかった。

彼の身体と布団が、雷の音を遠ざけ、温《ぬく》もりが一人ではないという安心を与えてくれるから、少しだけ冷静さを取り戻す。

「音だけだ。怖いことはない」

「でも、以前雷が落ちた家というのを見たことがあるわ。火事になって焼けてしまっていたわ」

「そんなのは稀《まれ》さ」

「人にも落ちるのですって。身体がビリビリと震えて、死んでしまうそうよ」

「家に落ちるよりももっと稀な話だ」

私は、そっと彼を見上げた。

視線に気づいてローフェンが微笑む。

優しい微笑みに、何故か恥ずかしくなって、私は心の中に抱いていた疑問を口に出してみた。

黙っていると気まずかったから。

「お父様は何故来ないのかしら……」

「この嵐では無理だ」

「でも、嵐になる前に手紙は届いたでしょう？」

「すぐに抜けられるような仕事ではないからな。調整してから来るのだろう」

「でも、あなたは翌日には来ると……」

また雷。

反射的にぎゅっと彼にしがみつくと、彼の手がまた背中を叩く。

「それよりも、私はもっと別の謎《なぞ》を持っている」

「謎？」

「父上は、どうしてお前のことを私に話してくれなかったのだろう」

「それは……、私にはわからないわ」

顔を背けると、ローフェンの胸に寄り添うような形になってしまった。

耳が、彼の心臓の音を拾う。

雷の音よりも彼の鼓動の方が大きく響く。

「もしかしたら、お前は母の娘ではあるが、父の娘ではないのかもしれないとも考えたのだが、それはアンナに強く否定された」

私がいない時にアンナと話していたのは、それだったのかしら？

「では父はお前がお腹にいることを知らずに送り出したのかとも。けれどその時にはもうお腹は大きかったらしい。そのことを他に知る者はいるのかと聞いたら、少なくとも父の周囲にいた者は皆知っていただろうという。だが誰も私に妹がいるなどと教えてくれなかった」

「本当に何も？」

「ああ」

「お前が怪《あや》しい術でも使って、母上やアンナをたぶらかし、偽者になりすましていることも考えたが、お前は父上が来ることを待っている。父上が来れば正体がバレるのに。それに、私は術をかけられていないしな」

「酷いわ。私を魔女みたいに」

また音がする。

今度は物凄《ものすご》い音だった。建物が揺れたのではないかと思うほどの。

「キャーッ！　キャーッ！」

「クレア」

「いや！　怖い！」

「クレア」

「ローフェン」
音はもう一度響いた。
ローフェンは私を宥《なだ》めようと顔を上げさせた。
彼の緑の瞳と目が合う。
「泣くな」
そして彼は私に口づけた。
何度かした額や頬へではない。
唇に。
悲鳴を止めるかのように彼の唇が私の唇に重なったのだ。
驚きと、……認めたくないけれど喜びが、私から恐怖を拭い去る。
ベッドの上に座っていた身体が、抱き合ったまま倒れる。
彼の腕がマントのように布団を翻《ひるがえ》らせ、二人を包んだ。
布が光を遮るから、二人して闇《やみ》に落ちてゆく。
キスは長く、その間に彼は私のガウンを開いた。
彼の手が、胸に触れる。
キスはまだ続く。
どうやって呼吸をすればいいかわからなくなって、息が苦しくなる。彼が時々唇を離したが、声を上げようにも息をするのに必死で制止できない。

大きな手が包む胸の膨らみから、ゾクリとしたものが湧《わ》きだし、脚が震える。

その震える脚にも、彼の手が伸びた。

ナイトドレスの裾《すそ》を捲り、じかに触れる硬い掌《てのひら》。

「妹と思わせる術にはかからなかったが、お前を愛しいと想う術にはかかったようだ」

ローフェンが囁いた。

「クレア、お前が愛しい」

その瞬間、私は正気を取り戻した。

ダメ。

絶対に、ダメ。

私は彼を受け入れてはいけない。

全身の力を込めて、私は彼を突き飛ばした。

「だめよ」

重たい彼の身体を僅《わず》かだが押し戻す。

「私達は兄妹なのよ、こんなこと、いけないわ……！」

「クレア」

ああ、その名で呼ばないで。

いいえ、その名前をもっと呼んで。

その名前が私を正気に戻すから。

「お前を試しているわけではない。本当にクレアを愛しいと思っているんだ」

「私が妹だと信じていてもいなくても構わないわ。でも、だめなのよ」

「クレア」

腕を伸ばして布団を取り払う。

目に光が差し込む。

自分が乱れた姿で男性と共にベッドの上にいるのが目に入る。

ああ、私はなんてことを。

「クレア」

諦めきれないというように、ローフェンの手が私の腕を掴んだ。

「わかって。だめなのよ」

「お前だって、今私のキスを受けただろう」

「突然だったから逃げられなかっただけよ」

「暴れることもしなかった」

「怖かったのよ」

「本当の気持ちを言え。たとえ妹でなくとも、私の恋人として父に紹介してもいい」

「恋人になんてなれないわ。絶対に」

「何故？」

「……私は妹よ！」

強く叫ぶと、彼は悲しげな顔をした。

そうまでして『妹だ』という考えを貫くのか、と思っているのか。やはり本当だと信じてくれたのか。

彼の気持ちはわからない。

けれど、私に愛を囁くのはやめてくれた。

「先日……、お前にキスしたのは、からかうためだった。だがこれだけは信じて欲しい。今のキスは心からのものだ。お前が妹であっても、そうでなくても、私はお前を……愛している」

「言わないで……」

「お前も、私に好意があると思っている。愛してくれているかと思った。だが……、お前が妹であるなら、この気持ちを伝えるのは苦痛だろう」

「ローフェン……」

苦しい。

あなたの言うとおりよ。

私はあなたが好き。あなたを愛しているかもしれない。

けれど、それは絶対に許されないことなの。あなたが私を本当に愛してくれているとしても、この恋は叶うことはないのよ。

「眠れ」

彼は身体を離し、乱れた服の上から布団をかけた。

「眠るまで、ここにいる。もう指一本触れない」

「ローフェン」

窓の外では、まだ雷が鳴っていた。

「お前が眠ったら、出ていく。神に……、いや、母上に誓うから安心しなさい」

もう、そんな音も怖くはなかった。

沈み込んだベッドの傾きが、彼がそこにいると教えてくれる。

私に触れることなく、そこにいる。

涙が止まらなかった。

でも、泣いているのを気づかれてはいけない。もし気づかれたら、彼は私も彼を愛してしまったことに気づいてしまうだろう。

両想いであるとわかれば、彼はもう止まってはくれないだろう。

そして私も、そこまで望んでくれる彼を拒めない。

でも……。
だめなの。
私達は決して恋人にはなれないの。
私はあなたを求めてはいけないの。
雷は、ずっと鳴っていた。
ベッドの傾きは、ずっとそのままだった。
泣きつかれて、私が眠るまで。
誰も私に触れることはなかった……。

目が覚め、私は跳ね起きた。
まだ彼がそこにいるのではないかと思って。
けれど、そこには誰もいなかった。
閉められたカーテンの隙間からは、台風一過の強い日差しが差し込んでいる。
多少乱れているとはいえ、私はナイトドレスの上にガウンを羽織ったままだった。
ローフェンは、約束を守ったのだ。

私が眠るまで側にいてくれて、私が眠ると部屋を出ていったのだ。あの後は指一本触れることなく。

彼の高潔さと愛情を思うと、まだ涙が零《こぼ》れた。

ああ……。

出会わなければよかった。

彼のことなど知らなければよかった。

「お嬢様」

涙を拭っていると、ドアの外からアンナの声が響いた。

「どうぞ」

慌てて顔を擦《こす》り、彼女を迎え入れる。

彼女はいつになく興奮していた。

「お嬢様。旦那様がおいでになりました！」

「え……？」

「たった今、おいでになりました。ローフェン様が奥様のお部屋に案内してらっしゃいます。お嬢様は昨夜雷が怖くてよく眠れなかっただろうから、起こしてくるようにと」

「……そう」

よかった。

来てくださったのだわ。

「すぐに着替えるわ。それから、ボートを出して」

「今すぐ、ですか？」

彼女は戸惑った。

「旦那様とお会いにならないのですか？　旦那様もお会いになりたいと思いますわ」

「いいえ、会えないわ」

私はきっぱりと断った。

「最初からそういう約束よ。ローフェンが特別だったの」

『特別』という言葉が胸に刺さる。

また泣きそうになって、私は着替えを始めた。

『あの時』に着ていた青いドレスに。

アンナが手伝おうとしたが、私は「いいからボートをお願い」と彼女を追い出した。

「『お父様』には全て話していいわ。でも約束は守ってね」

「はい。必ず」

アンナが出ていくと、私は数日前から片付けていた部屋を眺めた。

可愛らしい、娘のために用意された部屋。

ここで暮らすのは楽しかったわ。

でも、もう二度とこの部屋に足を踏み入れることはないだろう。

着替えを終え、部屋を出て、階段を下りる。

そこには、見たことのない立派な服を着た男達が立っていた。

お父様の連れかしら？

彼等に軽く会釈をし、廊下を進む。二階から下りてきた私のことを不思議そうに見ていたが、コンパニオンか何かと思ったのだろう。会釈を返して通してくれた。

お母様の部屋を避け、その手前の部屋から裏庭に出る。

ボートが隠してある場所へ向かうと、アンナが懸命にボートを引っ張っている最中だった。

「手伝うわ」

と言って私もボートに手をかける。

振り向いてヒバリ荘を見たが、ここからでは植え込みが邪魔をして、お母様の部屋は見えなかった。

「本当に、ありがとうございます、お嬢様」

「いいのよ。お母様はもう記憶が戻り始めているから、きっと上手くいくわ」

「どうか……。どうか、お健《すこ》やかに」

「あなたもね」

私がボートに乗り込むと、彼女はドレスの裾を濡らしながら、押し出してくれた。
ゆっくりと動き出す白いボート。
音を立てぬようにゆっくりとオールを漕《こ》ぐ。
……さようなら、ヒバリ荘。
さようなら、『お母様』、アンナ。
さようなら、楽しかった日々。
さようなら、ローフェン。
岸に沿ってボートを進めると、ヒバリ荘の屋根が、遠く木立に消えてゆく。
泣いてはダメ。
私は涙を見せてはいけない。
とても楽しかった、と言わなければならないのだもの。
暫くボートを漕ぐと、やがて小さな桟橋が現れた。
誰もいない桟橋にボートを寄せ、岸に上がる。
美しく刈り込まれた庭を歩いて、建物に近づく。
「お嬢様！」
私が近づいたことに気づいて、モーレン夫人が窓から声を上げた。
「まあ、こんなところから……」

数人のメイド達と一緒に庭へ飛び出してくる。

「ただいま」

笑って彼女に声をかけると、モーレン夫人は涙ながらに跪《ひざまず》いた。

「よくお戻りになられました、フレデリカ様」

「もう全て終わったわ。ワガママをきいてくれてありがとう」

これでもう、私を『クレア』と呼ぶ人はいない。

私の本当の名前、『フレデリカ』と呼ぶ人しかいない。

私を王女として扱う者しか……。


私の本当の名前は、レファの王女、フレデリカ。

ローフェンが言っていた、街道が通じたばかりの隣国の王族だ。

半年前、私は気管支の病気になり、お父様が用意してくれた温暖なマルード湖に静養にやってきた。

マルード湖の周囲には、国内外の貴族達が別荘を持っていて、環境もよく、私が病を癒やすにはちょうどいいとお考えになったのだ。

その考えは正しかった。

僅か一ヵ月もすると、気候のせいか、薬のせいか、私の病はすっかり治り、後は暫くここを楽しんでから帰ろうと思っていた。

一人でボートに乗ったのは、どうせなら、城では許されないことをしてみようと考えてのことだ。

湖の中心部へは行かないと約束して、私はボートを漕ぎ出した。

暫くボートを進めていると、お隣の屋敷が見え、庭先に美しい夫人と老齢の、おそらく彼女の侍女であろう女性が歩いているのに気づいた。

湖のこちら側は、身分卑《いや》しからぬ方々がお住まいだと聞いていたので、私は二人に向かって何げなく手を振った。

すると、突然黒髪の女主人らしい女性が私に向かって駆け寄り、湖の中に入ってきたのだ。

「クレア！　クレア！」

叫びながら。

私は慌ててボートを岸に寄せた。

私を目指しているのはわかったので、ここまで泳いでくるかもしれない。ドレスを着たまま湖に入れば、溺れるに決まっている、と思ったから。

私が近づいてゆくと、女性は涙ながらにボートにしがみつき、

「戻ってきてくれた……。クレアが戻ってきてくれたわ……」

と呟いた。

側にいた老女は、必死に主人を諫《いさ》めていたが、彼女の耳には届かなかった。

これが、『お母様』とアンナだ。

アンナは、私に「どうかお話を合わせて、『お母様』と呼んでいただけませんでしょうか？」

と囁いた。

何か理由があるのだろう。

こんなにも必死に縋《すが》っている女性を無下《むげ》にはできない。

それに、侍女の方は気持ちもしっかりしているようだし、問題にはならないだろう。

そう思って私は彼女達に話を合わせた。

「ただいま、お母様」

その一言だけで、彼女はまたわっと泣きだし、私にしがみついたまま、意識を失った。

侍女が呼んだ屋敷の男達が私から女主人を離し、屋敷の中へ連れていくと、侍女は申し訳なさそうに事情を説明してくれた。

「突然のことで、申し訳ございませんでした。奥様はこの湖でお嬢様を亡くされ、それ以

来お心を病んでしまっているのです。クレア様というのはそのお嬢様の名前なのです。家人が目を離した隙に、ボートに乗り込んでしまって……。お小さいお嬢様は漕ぐこともできず、遠く流され、ボートから落ちて亡くなられたのです」

「では、私がボートでやってきたので、そのお嬢さんが戻ってきたと思ったのね？」

「はい。クレア様も、お嬢様と同じ黒髪でしたので……」

可哀想だと思った。

あんなに立派な御婦人が、ドレスのまま湖に飛び込む姿を見て、心を動かされない者がいるだろうか？

しかも、私達が話をしている最中に、目を覚ましたお母様が私を探して部屋にやってきてしまったのだ。

「クレア。もうどこにも行かないで……」

縋りつかれ、私は彼女を振りほどくことができなかった。

「もちろんですわ、お母様。けれどまずはお着替えになって。濡れたドレスでは風邪を引きますもの。それから一緒にお茶をいただきましょう」

彼女は子供のように喜び、アンナを連れて着替えに行った。

私には、王女として自分の身を守る必要があった。

特にここは自分の国ではない。何かがあれば外交問題になってしまう。

だから、注意して部屋の中を観察した。

立派な屋敷。

彼女は心を病んでいるというけれど、幽閉されているわけではない。

きっとお嬢さんのこと以外は普通なのね。

『お母様』が戻ってらしてから一緒にいただいたお茶の時も、茶器はよいものだったし、お茶もお菓子も上等なものだった。

この屋敷の者は、決して怪しい者ではない。

お茶の時間の時も、お母様は普通だった。

特に暴れたり変なことを言い出したりはせず、本当に娘と語らっているだけの母親にしか見えなかった。

身体が弱いのか、お母様は暫くすると疲れを訴えて部屋へ戻ってしまったが、残された私にアンナは言った。

「どちらのお嬢様かは存じませんが。どうか、もう一度奥様を訪ねてくださいませんでしょうか？　決して悪いようにはいたしません。暫くしたらお父様のところへ行かれたとでも説明いたしますから」

もちろん、私は了承した。

その日はそれで自分の館に戻り、お付きとして同行したモーレン夫人には全てを説明した。

明日も行ってあげたいと言うと、彼女はよい顔をしなかった。

当然だろう。

そこで、翌日はボートではなく、モーレン夫人を伴って、馬車で隣家を訪れた。

アンナは私達に、その屋敷がヒバリ荘という名であること、家のことについては奥様のお心の病のこともあり説明できないこと、を教えてくれた。

そして亡くなったお嬢さんの部屋も見せてくれた。

愛情のいっぱい詰まった可愛らしい部屋。

モーレン夫人も、奥様がお可哀想だと涙したくらいだ。

アンナは私達に頭を下げ、こちらに保養にいらしているのなら、その間だけでもいいからお嬢様の身代わりをしてくれないかと頼んだ。

その頃のお母様はとても具合が悪く、食べ物も召し上がらない状態だった。

けれど私とお茶をした時には、美味しそうにお菓子を召し上がっていた。

もしお嬢様が同席してくだされば、お食事も召し上がってくれるかもしれない、と。

私達は悩んだが、結局彼女の願いを叶えてあげることにした。

私は身体も健康になり、時間を持て余していたし、奥様が不憫《ふびん》でならなかったので。

モーレン夫人はヒバリ荘を訪れ、アンナと話し、私にとって危険な者ではないと判断して。

ただし、いくつかの約束ごとがあった。

まず私はこの屋敷の持ち主が誰であるかを尋ねないこと。

そしていつかいなくなるにしても、『娘ではない』『娘は亡くなった』と口にしないということ。

そして私達からは、私が何者であるか尋ねないことと、隣家の住人であることを誰にも言わないこと。これは、調べれば隣の館を誰が買ったかが知られ、私の身分が知られることを恐れてだ。

それから、私は定期的にモーレン夫人に手紙を書き、アンナはできる限り私の様子を夫人に伝えに行くこと、等などだ。

幸いなことに、ヒバリ荘の使用人は一定の期間で入れ替わるので、私が初めてここを訪れた時の使用人はすぐにいなくなり、次に来た者には私はここの娘のクレアであると説明するだけで済んだ。

けれど……。

私はずっと『クレア』でいるわけにはいかない。

暫くここで過ごし、『お母様』を本当の母親のように思ってくると、自分がいなくなった時の彼女のことが心配だった。

そこで、訊ける限りの事情を聞き、お母様のために尽力することを決めた。

最初その話をした時には困惑していたアンナだったが、彼女はお母様を愛し、尊敬していた。

世界で一番幸せな花嫁になると信じて送り出した自分の大切なお嬢様の悲しい状況を変えてあげたいとも思っていた。

そこで、お母様の病状が思わしくないと伝えて、お父様に迎えに来ていただこうという計画に賛同してくれた。

最初の計画では、お父様が迎えに来てくださったから、私から、子供を失った奥様をもう放っておかないで、と頼むつもりだった。

お父様と入れ替えに私がいなくなり、その時にお母様にお父様を許していただくために戻ってきただけなの。お二人が幸せになってくだされば、私も天の国に行けるわ、と言って姿を消すつもりだった。

けれど……。

ローフェンが来てしまった。

最初は高飛車な人だと思った。

けれどすぐに、母親思いで誠実な人だと思った。

明るくて、優しくて、少し憎まれ口をたたくけれどとても素敵な人だった。

あの湖で暴漢と戦った姿を見た時には、もう逃れられないほど彼に心惹かれてしまっていた。

でも私は彼の妹でなければならない、お母様のために。

いいえ、なにより私は王女。

自分の感情で伴侶《はんりょ》を選ぶことなどできないのだ。

たとえ彼の家が公爵であったとしても、父が決めた相手に嫁ぐのが私の『役目』なのだ。その時が来たら、純潔のまま、嫁がなければならないのだ。

どんなに彼を愛していても……。

それに、モーレン夫人からの手紙。

嵐の前に届いた手紙には国に戻るようにとの使者が来たと書かれていた。迎えは近日中に到着する。だからそれまでにこちらに戻ってきて欲しい、と。

私がヒバリ荘を離れる前に、全てに決着をつけなければならなかった。

果たして、お父様は間に合った。

『お父様』は『お母様』を迎えに来てくださった。

そして私は『クレア』から『フレデリカ』に戻り、その翌々日には迎えの馬車に乗って、レファへ戻った。

本当の家族。

自由のない生活。

王女としての務め。

ここにはローフェンはいない。

今頃彼は事実を知らされているだろう。

お父様から、クレアというのは死んだ娘の名だと。アンナから、見ず知らずの娘に代役を頼んでいたのだと。

アンナは何があっても私のことは『知らない』と通すと約束した。

だからもう私と彼とが出会うことはない。

どんなに愛しくても。

私の楽しい日々は終わったのだ。

私の恋も……。


私が城に呼び戻された理由は、お兄様に赤ちゃんが生まれるから、ということだった。

もちろん、本当の、フレデリカの兄、レファの第一王子フレイドお兄様に、だ。

お兄様はご結婚なさっていたが、先日コーデリアお義姉様《ねえさま》に新しい命が宿られた。

妊娠中のお義姉様の側に同じ年頃の私がいた方が心が休まるだろうとなり、呼び戻されたのだ。

朝、大きな自分のベッドで目を覚まし、侍女が着替えを手伝って最高級のドレスに身を包み、食堂でお父様達とお食事をいただく。

時にはその席に、来賓があることもある。

王族の食卓は社交場なのだ。

お義姉様は大事をとってお部屋で召し上がっているので、食事が終わると私がお義姉様のお部屋へ伺う。

初めてのお子様だから、お義姉様は不安がり、私の来訪を歓迎してくれた。

「お加減はいかが?」

「平常ですわ。病気ではないのですもの」

「病気ではないから、心配なのですわ。薬で治るようなものではありませんでしょう」

「お心遣いありがとうございます、フレデリカ様」

お義姉様は、お兄様とご成婚前から親しくしていた、私の大切なお友達でもある。

なので、型どおりのご挨拶が終わると、砕けた会話となる。

「体調はよいのだけれど、退屈だわ」

「まあ、お義姉様ったら」

「面倒なパーティに出ないで済むのはいいけれど、この部屋からも出ることができないのだもの、退屈よ」

「部屋からも？」

「心配してくださるのは嬉しいのだけれど、何もすることがなくて。殿下は本やお菓子を届けてくださるけれど、やはりね。あなたのマルード湖滞在は楽しかったようで、羨ましいわ」

私は曖昧に笑った。

「とても楽しかったわ」

とても辛かったけれど……。

「危険はないのでしょう？」

「ええ。全然。別荘は北岸にあったのだけれど、内緒で南岸の街にも行きましたわ」

「まあ、お忍びね」

「お兄様達には内緒よ」

「どうだったの？」

「面白かったわ。水着というものを着て、湖に入るの」

「聞いたことはあるわ。下着のような服でしょう？」

「ええ、でも透けないの。そういう素材なのですって。そのための着替えの小屋がずらっと並んでいる様は、まるで別の世界に来たみたいだったわ」

私は努めて明るく、マルード湖でのことを話してあげた。

もちろん、ヒバリ荘のことは伏せて。

あれは、私とモーレン夫人だけの秘密。知られれば、モーレン夫人もお叱りを受けてしまうだろう。

「私、ボートにも乗りましたわ、一人で。遊覧船もあるようでしたけれど、それには乗れませんでした」

お義姉様は、私の話を楽しげに聞いてくれた。

私はそんなお義姉様に話すことで、あの時間を思い出に変えてしまおうとしていた。

あそこは、フレデリカが保養に訪れただけ。他には何もなかったと思い込もうとした。

昼食はお義姉様とご一緒することが多く、何も予定がなければ午後もお義姉様と過ごす。

大抵は身重のお義姉様に代わって、パーティや式典などでお兄様のお相手をする。

けれど、全ての予定が終わって部屋に戻ると、真実の思い出が私を押《お》し潰《つぶ》した。

ローフェンの笑った顔、意地悪そうな態度、優しい腕。

馬上の颯爽とした背中、剣を振るう勇姿。

最後の夜、見つめ合った緑の瞳……。

熱い口づけの記憶は、何で上書きしようとも、忘れようとしても、消えることがない。

彼の手が取れたら。

あのまま彼を受け入れていたら。

私もあなたを愛していると言えたら。

自分の正体を告げることができたら……。

考えても仕方のない『もしも』が頭の中を巡る。

長い夜を支配するのは彼の面影ばかり。

パーティに出てダンスに誘われても、この手が彼の手だったらと考えてしまう。

彼とは踊れなかった。きっとローフェンはダンスも上手だったに違いない。

お母様は記憶を取り戻し、クレアという娘が亡くなったことを受け入れ、お父様と共に領地へ戻られただろう。

ローフェンもきっと戻ってしまったわ。彼はきっと騎士だから、王城へ出仕しているかもしれない。

そうしたら、誰か美しい女性の手を取って優雅に踊っていることだろう。

そうして私のことなどいつか忘れてしまうだろう。

その美しい女性を妻に迎えることだろう。

苦しい。

苦しい。

どうして忘れられないの？

ほんの数日一緒にいただけの人なのに。

ただ、お互い飾ることなく、濃密な時間を過ごしただけ。

それだけなのに。

「最近フレデリカ様は憂《うれ》い顔をするようになったわね。とても綺麗な『女性』の顔だわ」

お義姉様にそう言われて、私は苦笑するしかなかった。

私の心は誰にも知られてはいけない。

私は、この国の王女だから。『クレア』ではなく、『フレデリカ』だから。

この国を、いいえ、この城からすら、勝手に出ることは許されない。あの思い出をたどることすら永遠にできないことなのだ。

だが……。

国に戻って一ヵ月ほど経ったある日、私は突然お兄様に呼ばれた。

「フレデリカ、せっかく戻ってきたところをすまないが、もう一度マルード湖へ行ってもらえないか？」

それは、思いも寄らないお兄様からの依頼だった。

「あなたがあまりにも素敵に語るでしょう？　だから私、興味が湧いて真っ先に思い浮かんだの」

突然のお兄様のご依頼はこうだった。

体調が安定してきたので、お母様がどこかでゆっくりしてはどうか、とお義姉様に勧められたのだ。

王城の奥でゆっくりしていられるとはいえ、城にいる限りご機嫌伺いの貴族達は訪れる。せっかくお祝いをしてくれる者をないがしろにはできないので、どうしても王子妃《ひ》としてきちんとした格好で、それなりの時間お相手しなければならない。

安定期に入ったと知られて、挨拶に訪れる者は増えてきた。

お母様としては、離宮か実家に戻ってはどうか、というつもりだったらしい。

ところが、お義姉様はその話を聞いて、チャンスだと思ったらしい。

王子妃となってから、外に出掛けることが少なくなっているし、赤ちゃんが生まれてしまえば、余計に外へ出ることは難しくなるだろう。

儀礼もお付き合いもなくゆっくりできるのは今を置いてない。

私から話を聞いてマルード湖に憧れを抱いていたお義姉様は早速お兄様におねだりをし

た。

「フレデリカ様がいらしたマルード湖に行きたいわ」

私が長く滞在したのなら、環境も安全も万全だろう。

しかも外国であるならばご機嫌伺いに来る者達もいない。

産む時には他国で出産するわけにはいかないからちゃんと戻ってくるが、暫くの間だけでも行ってみたい、と。

お兄様は新妻のお願いを却下することができなかった。

そして知り合いが誰もいないというのは寂しいだろうと、私に同行を依頼したのだ。

これは、お義姉様が王室にないがしろにされて城を追い出されたのではない、というアピールのためでもあった。

王女である私が付き添えば、王室は心から王子妃を大切にしている。王子妃と妹姫の仲も良好である、ということになるらしい。

「コーデリアは今までワガママを言ったことがない。これが初めてと言ってもいい。彼女が言うように、子供が生まれたら、何かの行事でもない限り国外に出ることは難しいだろう。なので、お前には悪いが、付いていってやってくれないか？　私も同行し、数日なら滞在できるだろうから」

返事はもちろんイエスだった。

もう一度、あそこへ行ける。

もうきっと誰もいないだろうけれど、外からでもヒバリ荘を見ることができる。

そんなチャンスを逃すことはできなかった。

馬車は、もう越えることができないだろうと思っていた山脈を抜けて、街道を真っすぐマルード湖へ。

「楽しみだわ。ボートは諦めるけれど、遊覧船には乗れるかしら？」

「そんなこと、だめに決まっているだろう」

「あら遊覧船なら大丈夫なのじゃなくて、きっと大きい船よ。ねぇ、フレデリカ様」

お義姉様はすっかり浮かれていた。

そのうきうきとした気分が私にも伝染する。

「遊覧船に乗れなくても、街へ買い物に歩くことはできるかもしれないわ。お兄様が許してくださったら、ですけれど」

「フレデリカ、余計なことを言わなくていい。お前、まさか一人でふらふら出歩いたりはしていないだろうな？」

「一人で出掛けたりはしていないと、誓いますわ」

街へ行った時には、彼がいたもの。

「それならいいが……」

お兄様達のお邪魔をしないように視線を窓の外に向けながら、私は心の中で何度も繰り返した。

たとえマルード湖に行っても、何も起こらないし、何もできないのよ。

行くのは、思い出を胸に刻み込むためだけ。

誰かに会えるわけがない。

ローフェンはもうとっくにいなくなっているだろう。万が一『お母様』とアンナが残っているとしたら、それは彼女達にとっての不幸なことなのだから、いない方がいい。

空っぽだとしたら空っぽで、ゆっくりとヒバリ荘を眺めることができるかもしれない。

きちんと過去にするために行くのよ。

何も望まずに。

窓の外、空は晴れていた。

もう一ヵ月も経っているのに、あの地を離れたのはまるで昨日のことのよう。

これでやっと、この恋に終止符が打てる。

悲しいけれど、きっとこれが一番いい方法なのだ。

フレデリカとしてあの地を訪れることが……。

湖の別荘は、何の変わりもなかった。

私の使っていた一番いい部屋は、謹んでお兄様達にお譲りした。

「素敵なところだわ」

湖を眺められる部屋に、お義姉様は御満悦だった。

私は一階の一番端の部屋を選んだ。

後でそっと抜け出せるように。

荷物を運び込み、一段落すると三人でお茶をいただいた。

館にはまだモートン夫人が残っていて、私にそっと耳打ちしてくれた。

「アンナ様がご挨拶にいらっしゃいました。奥様は旦那様とご自宅へ戻られたそうです。それと、お手紙をお預かりいたしました」

私はそれを受け取ると、お二人の邪魔にならないようにいたしますと言って自室へ向かい、早速その手紙を開いてみた。

そこには、事の顚末《てんまつ》が書かれていた。

『お父様』がいらした時にはまだ夢の中だった『お母様』に、お父様が自分の不義理を詫《わ》び、どうか自分の下で治療をして欲しいと願い出たそうだ。

自分の罪の意識と、悲しみに向き合うことを恐れて、お母様を孤独にさせた。

このままお前を失うことはできない、と言って。

お母様はまだクレアのことを想っていたけれど、お父様が娘は亡くなったのだと告げると、段々とそれを認識するようになったらしい。

『旦那様と共に暮らせば、奥様もじきにお心を取り戻すでしょう。私達はこれで家に戻ります。名前を知らぬお嬢様には大層お世話になりました。このご恩にはどのようにお返ししてよいかわかりません。たとえどんなに遠く離れていても、私達はお嬢様の幸せをお祈りしております』

アンナからの手紙は、そう結んであった。

心のどこかで、ここに来ればまた彼女達に会えるかもしれないと期待していたことを、『家に戻ります』という一文を見て落胆を覚えたことで知った。

馬車の中で、彼女達がヒバリ荘にいない方が幸せなのだと思っていたのに。

私は手紙を大切に文箱《ふばこ》にしまうと、庭に出た。

ヒバリ荘は、お母様が悲しい事故を思い出さないように、庭から湖を見られる場所が少なかった。

ここは広く開けて、湖がよく見える。

けれど、ヒバリ荘は見えなかった。

あの時使っていたボートはまだ桟橋に繋《つな》いであった。

玄関から出れば、お兄様にどこへ行くのかと尋ねられるだろう。一人で出歩いてはいけないと言われていたし、ヒバリ荘を訪れるならボートを使った方がいい。

「フレデリカ」

栈橋に立っていると、そのお兄様が私を呼んだ。

「何をしてるんだ？」

「別に。湖を見ていただけですわ」

「湖面を渡ってくる風は冷たいんじゃないか？」

「あら、気持ちいいくらいですわ。お義姉様は？」

「はしゃいでいたが、馬車の長旅は疲れたようだ。今、大事をとって休ませている」

「大切なお身体ですものね」

「まあ、医師も連れてきているし、大丈夫だろう。お前が変なことを言うから、南岸の街へ連れていけとうるさくて困る」

その声が、あまり困っているように聞こえなかったので、私は笑った。

「お兄様にとっても息抜きになるかもしれませんわよ。どうせ王都に戻れば仕事三昧《ざんまい》なのでしょう？」

「まあそうだな」

「そういえば、女の浅知恵かもしれませんけれど、もう少し南の方にもドーガと通じる街道を作ったらいかが？　その方が交易が盛んになると思うのですけれど」

私はローフェンの言葉を思い出して言ってみた。

「浅知恵とは言わないが、そのためには準備がいる。考えてはいるが、ドーガの議会が渋っているらしい」

「まあどうして？」

「お金がかかるからだ。出し惜しみをしているわけではなく、民に重税を課したくないという考えからのようだが」

「我が国からも助力さしあげても？」

「新しい街道を通す理由が薄い。まだ最初の街道の成果も万全というほどではないからな。もう少し待った方がいいだろう」

ローフェンと同じことを言うのね。

「だが、お前はよほどここが気に入ったんだな。そんなことを考えるなんて」

「そういうわけではありませんわ。ただ、両国のためにはいいことではないかと思っただけです」

私はもう一度桟橋を振り向いた。

「どうした？」

「いえ、ただ懐かしいと思っただけですわ」

「まだ一ヵ月だろう？」

「……ですわね」

今日はもう日が暮れる。

私も長旅で疲れたし、おとなしくしていよう。

どうせ待つ人もいないのだもの、ゆっくりでいいわ。

「夕食はお肉かしら？　お魚かしら？　ここは鱒がとても美味しいのよ」

お兄様と腕を組んで、殊更笑顔を作り、楽しい話題を選んだ。

「近くに綺麗な泉もあるの」

明日、ここを抜け出すことを悟られないように。


翌日、私は朝から落ち着かなかった。

誰もいないとわかっていても、ヒバリ荘へ行くと思うと心が騒いで。

そのせいか、お兄様に「何か用事でもあるのか？」と訊かれてしまった。

「何もないわ。ただ午後からボートに乗ろうと思って」

「ボート？　危険じゃないのか？」

「前にも乗ったのよ、オール捌《さば》きも上手いものだわ」

「しかし……」

「いいじゃありませんの、あなた」

止めようとするお兄様を、お義姉様がたしなめた。

「私達夫婦の邪魔をしないように、気を遣ってくださってるのよ。妻より妹の方が気になるというなら、仕方がないけれど」

「そんなこと、あるわけがないだろう」

「それじゃ、午後は私とご一緒してくださるわね？」

「いいとも。ただ、街へは行かないぞ」

「今日は、止めておきますわ。まだ疲れていますから」

「『今日は』か？」

「ええ。あなたがいらっしゃるうちにご一緒した方がよろしいでしょう？　いなくなってから誰かと出掛けるより」

「うむ……」

お義姉様は、何か感じ取っているのかもしれない。

私がここに心を残している、と。その理由まではわからないだろうが。女の勘というものかもしれない。

時間が過ぎるのが遅い。

早く出掛けたいのに。

朝食が終わってからも気はそぞろで、早く昼食が来ればいいのにと思ってしまう。

そして待ちに待った昼食が終わると、私は本を読むからと言って部屋へ戻った。

ボートに乗る、と公言したのでコソコソする必要はなくなったが、やはり後ろめたくて、誰にも言わずに外へ出た。

でなければ、見えるところしか行ってはいけないと言われそうだもの。

動きやすいドレスで庭に出て、栈橋に向かう。

私を止める者はいなかった。

ボートに乗り、もやいを外し、オールで岸を押す。

栈橋から少し離れたところからオールを漕ぎ出す。

あの日。

初めてヒバリ荘に向かった時のことを思い出す。

何げなく岸に沿ってボートを進めると、大きな建物と美しい婦人、そして老婦人の姿が見えたのだ。

今日も、ボートを進めてゆくと、やがて大きな建物が見えてきた。

だが、庭に人影はなく、窓には全てカーテンが閉められていた。

……やっぱり誰もいないのだわ。

私はボートを岸に近づけ、桟橋に寄せると岸に上がった。

「……変わらないわ」

当たり前よね。

まだ一ヵ月だもの。

私はヒバリ荘を見上げた。

無人なら。街道に通じる門には鍵がかかっているだろう。ボートで来たのは正解だったわね。

ゆっくりと庭を歩くと、思い出が蘇《よみがえ》る。

この岸辺で、お母様に声をかけられたのだわ。

花を見上げていた樹《き》は、もう葉が色づいている。

あそこ芝生の上で、ローフェンと、お母様と、三人でランチを摂った。

空っぽの空間。

終わった、という思いが強くなる。

もう……、何もないのだわ。

私はヒバリ荘に背を向け、ボートに戻ろうとした。

いつまでもここにいると涙が出そうで。

だが、私がボートにたどり着く前に、誰かが私の腕を取った。

「クレア！」

ハッとして振り向くと、そこには息を切らせたローフェンが立っていた。剣を下げ、立派な服に身を包んだ、騎士の姿で。

「あ……」

何故？

どうしてあなたがここにいるの？

「離して……」

「いいや、離さない。お前が来るのをずっと待っていた。必ず来ると信じて」

「ローフェン」

「全て話してもらうぞ」

「ローフェン」

強い力で摑まれた腕は振りほどくことができなかった。

「父に聞いた。私には確かに妹がいた。だがまだ小さい時にこの湖で亡くなったのだと。アンナから、お前は近くに住む見知らぬ娘だというのも聞いた」

「……お願い、離して」

もう一度会いたいとは思っていた。

けれど会ってしまうと、その胸に飛び込みたくなってしまう。そんなに真剣な眼差《まなざ》しで見つめられたら、逃げることができなくなってしまう。

それをしてはいけないのに。

「お前が何者だかはわからないが、私の妹ではない。そうだな？」

全てを知られた以上、その嘘をつき通すことはできなかった。

「……ええ」

「よかった」

彼は、厳しい顔つきを緩め、腕を引くと私を抱き締めた。

彼の背後に大きく扉を開けたバルコニーが見える。

誰もいないと思っていた屋敷に、彼だけが残っていたのか。

「兄妹でないのなら、お前を離すことはできない。たとえお前が嘘をついていたとしても、それを咎めることはしない。この腕に戻ってきてくれればそれでいい」

「だめよ……」

「何故？　お前が何者でも私は許す」

「だめなの」

私が何とか彼から離れようとその腕の中でもがいた時、また新たな声がヒバリ荘の庭に響いた。

「妹から離れろ！　狼藉者！」

お兄様……！

お兄様は剣を抜き、ローフェンに切っ先を向けた。

「どうしてここに……」

「お前の様子がおかしいと思って、岸辺を歩いてボートを追ってきたのだ。貴殿の屋敷に侵入したことを咎めるなら仕方がないが、今の様子は捨ててはおけない」

再び剣を構えられ、ローフェンも私を背後に守るようにして剣を抜いた。

「止めて！　二人とも止めて！」

ああ、どうしよう。

私がいけないのだわ。

私の嘘が。

二人が駆け寄り、ガチンと激しい音を立てて剣を合わせる。

ローフェンの腕前は知っていた。けれどお兄様も剣に覚えはあるのだ。その二人が戦ったら無傷では済むまい。

「お兄様！　ローフェン！　止めて！」

私が叫ぶと、剣を交えたまま見合って動かなかった二人が、スッと離れた。

「彼は……、お前の兄なのか？」

ローフェンの問いに、頷くしかなかった。

「お前は彼を『ローフェン』と呼んだが、彼が何者だか知っているのか？」

兄の問いにも。

私は泣きながらその場に座り込んだ。

「ごめんなさい……。ごめんなさい……。私が悪いの。私が嘘をついてここにいたからいけないの……」

「ここにいた？」

二人は剣を収めてくれたが、その場からは動かなかった。

「彼女は、心を患った私の母のためにここで偽の娘を演じてくれていたのだ」

ローフェンがお兄様に説明するように言った。

「お前、そんなことを……」

「ごめんなさい……。だからローフェンは悪くはないの。その人を傷つけないで……」

顔を上げることもできずに泣きじゃくる。

二人も、黙ったままだった。

全てが、知られてしまう。

そうしたら、お兄様はもう二度と私をここには連れてこないだろう。今日にも国に戻されるかもしれない。

私が何者だか知らなかったとしても、私を襲ったように見えたローフェンは、咎められるかもしれない。

ああ、私は何てばかなことをしたのだろう。

あのまま、遠く自分の城の中で彼の思い出を消し去っていればよかったのに。

「彼女は、私の名しか知らない。私はまだ彼女の名も知らない。だが、私達は愛し合っている」

ローフェンが、先に口を開いた。

「そんな話は妹から聞いていない」

「だがああして君の下には駆け寄らず、私の命乞《いのちご》いをしている姿を見ていればわかるだろう？　彼女の名は？」

答えるわけがないと思っていたのに、少しの間を置いてお兄様は私の名を教えた。

「……フレデリカだ」

「では、フレデリカ嬢には、正式に婚姻を申し入れる」

その言葉に、私は顔を上げた。

「ローフェン……！」

二人は、まだ向かい合ったままだった。

嬉しいけれど、王女に対してそのようなことを口にするは不敬なのよ。怒ったお兄様が再び剣を抜くかもしれないわ。

だが、お兄様は剣を抜かなかった。

私の方へ向き直ると、静かな口調で問いかけた。

「私と戻るか？　それとも彼と残るか？」

「残っても……、いいの？」

「お前の本当の気持ちを口にしてみなさい」

何故それを許してくれるのかはわからなかったが、答えは決まっていた。

「もう少し……。もう少しだけでもいいから、彼と話をさせてください」

「彼を愛していないのならば、私と戻りなさい。だが彼を愛しているというなら、残ることを許そう」

二人の男性に見下ろされ、私は迷った。

愛している、と答えてもお兄様はローフェンに切りかかってしまうかもしれない。

けれど愛していないと、言ってしまったら、また私はローフェンに嘘をつくことになってしまう。

悩んで、悩んで……、私は真実を口にした。

「この方を愛しているので、もう少し時間をください……」

お兄様は、ローフェンに切りかかったりはしなかった。

私にも、咎めるようなことは言わなかった。

「戻ったら、説明を聞く」

とだけ言うと、踵《きびす》を返して茂みの中へ消えた。

私を残して。

「フレデリカ、立て」

ローフェンが私に手を差し伸べる。

「まずは、お前の言うとおり話をしよう」

その手を取って立ち上がると、彼はまた私を抱き締めて、口づけた。

「私達には秘密が多すぎた」

と言って。


開け放したままのバルコニーの扉から中へ入ると、ヒバリ荘の中は静かだった。

使用人はもう誰もいないのだろう。殆《ほとん》どの家具には埃除《よ》けの白い布がかかっていて、ここが使われなくなった屋敷であることを教えた。

「使っているのは私の部屋だけだ。二階へおいで」

彼に腰を抱かれ、優しい声で言われて階段を上る。

確かに、そこだけは埃除けの布がなく、ベッドは乱れたままだった。

整える使用人がいないからだ。

「父上を呼ぶ手紙に、私は『クレア』と名乗る女性がこの屋敷にいる、と書いた。私にその名の妹がいるのか、と。父上は到着すると、私に言った。『クレア』という名の妹は『いた』と。だが小さな頃に湖で溺れて亡くなったとも」

彼は私をベッドの上に座らせハンカチを差し出すと、ゆっくりと話し始めた。

「父上がここに来なかった理由は、最初は自分の不義を恥じたせいだったが、クレアが亡くなったと聞いて駆けつけた時には、母上はもう心を病んでいた。自分のせいだと後悔し、娘を探す妻の姿を見ていられなかったと言っていた。戻れば、無理やりにでも娘は死んだのだと認識させなければならないことも」

「ここは……、お母様の心を守る鳥籠《とりかご》だったのね？」

「上手いことを言う。まあそんなところだ」

彼の声が静かなので、私も段々と落ち着きを取り戻した。

理由が何であっても、彼と話をする時間は与えられた。

これが最後かもしれないけれど。

「父上は、到着してからまず母上に会いに行き、クレアは死んだと告げた。亡くなった娘の名を騙った者がいると思って、事実を認識させるために。だが驚いたことに、父上がそう言うと、母上はそれを受け入れた」

「やっぱり……」

「やっぱり？」

「あなたが来てから、お母様は少し様子が変わったの。お熱を出した時、私を見て『大きくなった』と呟かれたわ。ずっと一緒にいたのに。だから、クレアさんがいないことを認識し始めたのではないかと思ったの。あなたは……、お父様のお若い頃にそっくりだそうだから、きっと昔のことを沢山思い出したのでしょうね」

だから私はお父様を呼んでもらったのだ。

今がチャンスだと思って。

「まだはっきりと、ではなかったがクレアの死を受け入れた様子だったので、次に父上は騙りの娘に会うと言った。アンナにその娘を呼んでくるように言うと、彼女はもういませんと答えた。そして、偶然見かけた娘を母上が亡くなった娘と思い込んだので、身代わりをお願いしていたのだと白状した。何の見返りもなく母上の世話をしてくれたお嬢さんに罪はない、もし罰を与えるのなら自分に、と」

そこで彼はハンカチを握っていた私の手を取った。

「いない、と聞かされて、私は真っすぐお前の部屋へ走った。空っぽの部屋を見た時の私の衝撃。どんなに拒まれようとあの嵐の夜に手に入れてしまえばよかったと後悔した」

握る手の強さが、彼の気持ちの激しさを物語っている。

「……ごめんなさい」

「母上は、専門の医師をつけて父上の下で療養することになった。もうここに一人で置いてはおけないと言って」

「お父様はお母様を愛してらした？」

「ああ。私に妹のことを教えなかったのは、子供の私に妹の死を話すことができなかったかららしい。家臣達は皆知っていて、私に教えなかったようだが」

彼は握った手をそのまま離さなかった。

摑まれた場所が熱くなってくる。

「皆が引き上げた後、私は一人ここに残った」

「何故……？」

「何故と訊くか？　お前が忘れられなかったからだ。お前がどこの誰だか、唯一知っているはずのアンナも知らないと言った」

「ええ。尋ねないことが約束だったの」

「だろうな。知っていればお前に頼んだりはすまい」

「……え？」

「とにかく、お前に繋がる糸はここしかなかった。私は、お前も私を愛していると確信していた。だから必ず私に会いたくてここに戻ってくると思っていた。だからこの私が全てを捨てて、ここに残っていたのだ。父上にも、愛する者を待ちたいから許可をくださいと願いでた。父上は、自分は勇気がないために愛する者を苦しめてしまったので、息子には同じ思いをさせたくないからと快諾してくれた」

覗き込む緑の瞳。

彼の手が、私の頬に触れる。

「そしてフレデリカ、お前は戻ってきた。私が忘れられなかったんだな？」

「……愛しているわ。ローフェンを愛しているわ。忘れることなんてできなかった」

私の答えを聞いて、彼は私に口づけを求めてきたが、私は顔を背けた。

「フレデリカ」

「だめなの……。あなたを愛しているけれど、あなたを受け入れることができないのよ」

「お前がレファの王女だから、か？」

その言葉に、私は驚いた。

「何故それを……！」

ローフェンは悪戯《いたずら》っぽく笑った。

「さっき知った。お前がフレイド殿の妹だというから」

「お兄様を知っているの？」

更に驚き、目を見張る。

国内の貴族ならばまだしも、国外の貴族がお兄様の顔をご存じだなんて。

「フレイド殿は、街道の開通式典でこの国を訪れたことがあるのだ。その時にご挨拶をさせていただいた。だから、先程剣を合わせて間近で顔を見た時に気づいた」

だから、二人は剣を合わせたまま見合っていたのね。

でもお兄様は彼を覚えていたの？

「彼の方も私が誰だかわかって、剣を収めてくれたのだ。私が、この国の王子であるとわかって」

「……え？」

今、何て？

「母上は王妃だから、心の病を公表することができなかった。アンナもお前にファミリーネームを告げることができなかった。父上は王として忙しかったので、容易にここを訪れることができなかった」

「嘘……」

「嘘なものか。お前の兄が剣を収め、妹を託す理由が他のどこにある？」

「だって……」

「ドーガの王子が、レファの王子に対して、妹姫に正式に婚姻を申し入れると言ったから、彼は引いてくれたのだ」

確かに……、それならばお兄様は私を彼に託すだろう。

美しいヒバリ荘。

上品なお母様。

口の堅い乳母。

お父様に随行していた身なりのよい男達。

彼の礼儀正しさ、所作《しょさ》の綺麗さ、剣の腕。

どれもこれも彼の言葉を裏付ける。でも……。

「フレデリカ。私の妻になってくれるな?」

もう一度、彼の顔が口づけを求めて近づいてくる。

「もう、私から逃げることなく、ずっと側にいてくれるな?」

返事をする代わりに、私は目を閉じた。

唇に、唇が重なる。

彼が、私を抱き締める。

口づけは深くなり、舌が差し込まれる。

また、涙が零れた。

今度は悲しみでも後悔でもなく、喜びの涙だった。

私は、もうこの人を忘れなくていい。

この胸に生まれた恋を消し去らなくていい。

「泣くな」

彼が唇を離して私の涙を拭う。

「嬉しいからよ……。あなたを好きと、口に出して言えるのが嬉しいから。あなたのキスを受けることに後ろめたさを感じないことが嬉しいから。あなたにこんなにも愛されて嬉しいから、涙が止まらないの……」

「それなら仕方がないな」

ローフェンはもう一度、私にキスをした。

そしてそのままベッドに押し倒した。

「ローフェン？」

「お前の言葉を聞き入れて、嵐の夜にお前を逃したことを後悔したと言っただろう。今度この手に抱いたら、何があっても自分のものにすると決めていたのだ」

彼の『手に入れる』がどんな意味だかわかって、私は慌てた。

「だめよ」

「何故？」

「何故って、結婚するまでは純潔でいなければ……」

彼は笑った。

自信満々に。

「お前は誰と結婚するつもりだ？」

もう既に私が彼のものだという顔で。

そんな顔をされてしまっては、抵抗はできなかった。

「……あなたよ」

彼の求めを受け入れるしかなかった。


仰向けに押し倒した私にキスをして、乱れて広がった髪の中に手を差し入れる。

窓からは午後の日差しが差し込んでいた。

心を乱すような嵐の音などしなかった。『誰か』に縋りつかなければならないような雷も鳴っていなかった。

私は、自分の意思で、自分の愛する人に身を任せるのだ。

彼が愛しいから。

キスをしながら動く手が、私の身体を撫でる。

ドレスは硬く私を包んでいたが、彼の手はそれを少しずつ解いてゆく。

「あの嵐の夜、もしお前が本当に私の妹だったとしても、私はお前を抱こうと決めていた。神に背いてでも、お前を愛したいと思っていた」

「そんな……」

「私が気にするのはお前の気持ちだけだった。もしお前が拒まなかったら、きっと思いを遂げていただろう」

またキス。

「それでも、実際は神に背いてはいなかったのだがな」

布の上を滑ってゆく手の感触に身体が震える。

リボンが解かれ、ボタンが外され、ドレスは『布』と化してゆき、私から剝《は》ぎ取《と》られてしまう。

ボートに乗るために、飾りの少ない簡単な仕立てだったせいかもしれない。

まるで果実の皮を剝《む》くように、肩が露《あらわ》になり、腕が抜かれる。

「あ……」

剝き出しにされた場所に降るキス。

唇が軽く触れるたびにゾクリとして鳥肌が立つ。

生まれる快感に身悶《みもだ》える私の動きを利用して、ドレスがどんどんと脱がされる。

目の端に、ドレスの青い色が床に落ちてゆくのが見えた。

アンダードレスだけになった私に硬い物が当たる。

「冷た……っ」

声を上げると、彼は慌てて身体を離し、剣帯を外して腰に下げていた剣を床に置いた。

「どうして剣など下げていたの？」

お兄様は怪しんで私を追ってきたから剣を下げていたのはわかるとしても、家の中にいたローフェンが何故？

「午後から、国境の警備隊を視察に行くつもりだった。前に暴漢が出たからな。お前が来るのがあと一時間遅かったらすれ違いだ」

立派な上着も脱ぎ捨て、床に置く。

私のドレスと彼の上着が重なる様は、何だか気恥ずかしかった。

「運命だ」

身軽になった彼が再び重なる。

「私とお前は結ばれる運命だったのだ。だからこうして会えた」

薄いアンダードレスは、ドレスほど私を守る砦《とりで》にはならなかった。

「ここが王家所有の別荘だと知って、貴国の者が隣を買ったのだとしても、な」

さっきよりも顕著に感じる手の感触。

胸の膨らみを包み、優しく揉まれ、恥ずかしさに顔が熱くなる。彼に身を任せることに後悔はないが、結婚前ということに背徳感があるせいだろう。

感じてはいけない、乱れてはいけないと戒めがかかるのだ。

なのに彼は、それに気づいてくれなかった。

布の上から突き出した胸の先を摘まむ。

指でもてあそぶようにグリグリと弄《いじ》られて、身体の奥がキュンと縮む。

「ん……っ」

鼻にかかる甘い声。

自分の声ではないみたい。

ローフェンは、アンダードレスを脱がさぬまま、私の身体を撫で続けた。

このまま脱がずにいていいのかしら？

私が自分で脱ぐものと思っているのかしら？

でも自ら下着を脱ぐなんて、私にはできないわ。

そんなことを考えている間にも、彼の手は私を苛《さいな》んでゆく。

胸だけでなく脚も、布の上から撫でられる。

撫でられている間にスカートは捲れてゆき、いつしか中のドロワーズの紐《ひも》も解かれて外されていた。

彼の手がじかに私の肌に触れる。

綺麗な手だと思っていたけれど、男の人の手は硬かった。

「あ……っ！」

長い指が私の中心に触れようとしたから、思わず膝を立ててそれを阻《はば》んだ。

だって、もうそこを隠してくれるものは何もないのだもの。

「フレデリカ」

身体を起こした彼が、私の顔を覗き込む。

「だって……」

やっぱりそれはまだ恥ずかしいわ。

「私を見ていろ」

再び、彼の指が奥を目指す。

閉じた太股《ふともも》の間に滑りこみ、ソコに触れる。

「ん……っ」

白い薄絹の中に消える彼の手が、『私』に触れる。

「あ……」

肉を開いて中に入る。

「や……っ」

思わず身体が起き上がり、彼の肩を摑む。

目の前には、ローフェンの顔があった。

彼は微笑んでいた。安心していいというように。

でも私はそんなふうに落ち着いていることなどできない。他人の指が身体の中に差し込まれるなんて。

指は、そのまま中で蠢《うごめ》いた。

「ぁあ……っ」

意識せず、彼を迎えた場所がヒクついてしまう。

「だめ……、ローフェン……」

触れられていない上半身も、身悶えてしまう。

そのうちに、アンダードレスの肩紐が落ちた。

締め付けの緩いアンダードレスはそのまますると胸元まで開いた。

乳房の膨らみで何とか引っ掛かっているが、これ以上暴れたら一気に胸が露になってしまうだろう。

かといってじっとしていることなどできない。

だって、指はまだ動いているのだもの。

「あ……、あぁ……っ」

濡れた音が微《かす》かに耳に届く。

それが彼の指が立てる自分の音だと気づいて恥ずかしくなる。

恥じらいは感覚を過敏にさせ、より快感を生む。

「ん……っ、ふ……っ。や……」

「フレデリカ」

名前を呼ばれ、彼に目を向ける。

「新床《にいどこ》の作法は教えられているか？」

私は小さく頷いた。

お兄様がご結婚する時、私も教育を受けたのだ。

新床、つまり新婚の初夜に何が行われ、どうすればいいのかを。だから、彼の指が何を求めて中にあるのか察していた。

「それはよかった。何も知らないかと思って遠慮していた」

遠慮？

私をこんなふうにしておいて？

遠慮しなければ何をするつもりなの？

「あ」

キスを繰り返していた口が、胸の先に引っ掛かっていたアンダードレスの襟元を咥《くわ》えて落とす。

露になった胸の先を彼が口に含む。

強い快感がピリッと身体を走った。

「ああ……。だめ……、そんなところ……」

ピンッと硬くなった突起の先を舌が弾く。

身体の内側が、蠟《ろう》のように溶けてゆく。

自分を形作っていたものが、ゆるやかに崩れてゆく。

まだ脚の最奥を弄っていた指の動きが激しさを増し、襞《ひだ》の先にある場所に触れた。

「あ……っ！　だめっ」

ゾクン、とした痺《しび》れ。

私をおかしくする引き金がそこにあった。

のけ反って、声を上げ、彼にしがみつく。

胸を晒《さら》したまま身体をくねらせ、彼の愛撫《あいぶ》に溺れてしまう。

「困ったな……。あまりに愛しすぎて歯止めがきかない」

彼の声が耳に届く。

「もっと時間をかけて、少しずつ慣らしてやるつもりだったのに」

高揚したような、声。
緑の彼の瞳は深く揺れていた。
指が引き抜かれ、彼の敵、最後の門番であるアンダードレスを、私から剝ぎ取った。
彼も纏っていたシャツとズボンを取り去る。
お互い一糸纏わぬ姿になって、再び身体を重ねる。
彼の身体は熱かった。
私より体温が高いのだわ。
筋肉で締まった身体は硬く、自分とは別のものだと意識させる。
指で濡らされた場所に、彼がまた手を伸ばした。
「あ……」
今度は中に入るのではなく、閉じた場所を開いてゆく。
「脚を」
と一言だけ彼が命じた。
それだけで意味を察し、おずおずと脚を開く。
ローフェンはその間に身を置くと、覆いかぶさってまたキスをした。
唇を合わせたまま、そこに指ではないものが押し当てられる。
声を上げようとしてもキスで塞がれた唇からはくぐもった音が漏れるだけ。

私は縋るように彼に抱き着いた。彼の艶《つや》やかで熱い肌を感じ、その熱を貪《むさぼ》るように背を撫でる。

硬い肩甲骨。

それを支える筋肉。

男の人の身体。

私も、求めていたわ。あなたが欲しかった。あなたを好きだと気づいた時から、ずっとこうしてあなたを感じたかったのだと思う。

でもそれは許されないから、気づかないようにしていた。

剣を振るい、戦うあなたの姿に心が震えた。

その強さの虜《とりこ》になってしまった。

唇が離れる。

「ローフェン……」

その隙間から彼の名を呼ぶ。

「あ……ぁ……」

彼が身体を進める。

お腹の中に、私ではないものが入り込む。

彼の手は闇雲《やみくも》に私の胸を掴み、揉みしだいた。

唇は、額に、頬に、耳に、首筋に、何度も何度もキスを繰り返す。

はしたないほど身悶え、自分の中にある彼を締め付ける。

「お前を、世界で一番幸福な花嫁として迎えよう」

耳たぶを咬《か》まれ、ビクンと身体が跳ねる。

痛みがあるほどではなかったが、反応した身体はまた彼を締め付けた。

「もう離さない」

彼は、抱き合っていた私をそっと仰向けに横たえると、繋がっている場所から何度も私を貫いた。

「あ、あ、あ……っ」

突き上げられるたび、押し出されるように声が漏れる。

激しい動きに平衡感覚が失われ、振り回されているよう。どちらが上なのか下なのかわからなくなってしまう。

全身に広がる快感が、私を女にしてゆく。

「ん……っ」

二人の脈動が一ヵ所で共鳴し、次の瞬間彼は深く私を穿《うが》ち動きを止めた。

「……っ」

低い、彼の声にならない声。

「あぁ……、い……っ」

雷に打たれるというのはこういうものかしらと思うような痺れが、身体の中を駆け巡って頭から抜けていった。

何もかもが消し飛ぶような快感。

……稲妻のようだわ。

頭の中にそんな言葉が過《よぎ》った次の瞬間、私は満たされ、彼が私の上に倒れ込んだ。

もう何度目かわからないキスをしながら……。


日が落ちるまで、私はヒバリ荘にいた。

彼と離れがたくて、ずっとその腕の中で色々と話をした。

けれどいつまでもそうしていることはできず、外が暗くなったので、ローフェンは先のことを考えて筋を通したいと、私を馬で送ってくれた。

暗い中でボートを漕ぐのは危ないしこの身体では漕げないだろうと。

門番から知らせを聞いたのか、お兄様は玄関で難しい顔をして迎えてくれた。

「遅かったようだが？」

「つもる話がありまして」

「妹からは後で聞くとして、まずは君から話を聞こうか」

と言って、ローフェンを連れて奥へ行ってしまった。

私の方はお義姉様に呼ばれて、お義姉様のお部屋へ向かった。

お義姉様はやはり何かを察していたのだろう。

慌てた様子もなく、私を座らせるとお茶を頼んだ。

「お帰りなさい。フレイドから聞いたわ。お相手はこの国の王子様ですって？　おめでとう」

「あの……」

「プロポーズされたのでしょう？」

言われて赤面する。

「ええ」

「ではあなたがこの国の未来の王妃様ね」

「まだ早いわ」

「早くても遅くても、事実に変わりはないわ。あなたと私が王妃になったら、両国の関係は良好ね。もっとも、王子様同士はまだ問題があるようだけれど」

「問題？」

「ご自分の知らない間に大事な妹が恋人を作っていたのも不満なら、そのお相手が文句のつけようのない方なのも不満みたい」

「まあ、お兄様ったら」

「今頃あなたの恋人はお行儀が悪いと、たっぷり叱られているわ」

王子としては対等かもしれないけれど、花婿と花嫁の兄では上下関係がついてしまう。お兄様は将来ローフェンのお義兄様にもなるのだもの。

「夕食は四人で食べましょう。そこであなた達の結婚式のことを話しましょう。でもお式はまだ先の方がいいわ」

「あら、どうして?」

「私が出産してからじゃないと、出席できないもの」

「王族の結婚には色々な手続きや儀式があるから、きっと大丈夫よ」

暫くしたら、ローフェンはお兄様から解放され、私のところに来るだろう。

私は立ち上がり、彼に抱き着く。

ローフェンは私の頬にキスして抱き返してくれる。

もうそれを咎める人はいないから。

そして遠くない日に、彼は私を求めるために私の国へ来てくれるだろう。

その先には、幸せの鐘を鳴らして私は彼の花嫁になるのだ。

「フレデリカ」

ほら、彼が来る。

真っすぐに私を目指して歩いてくる。

ただ、彼は私の想像を超えていた。

お兄様達がいらっしゃるのに、私を抱き上げてキスしたのだから。

「私は暫くヒバリ荘に滞在することになった。兄上と、新しい街道について話し合うことにしたので」

子供のように嬉しそうにもう一度キスする。

険しい視線を向けるお兄様に気づかぬように。

でも私もその視線を見なかったことにして、彼にキスした。

「それじゃ、私はヒバリ荘に泊まるわ。もうあなたの側を離れたくないから」

だって、『お兄様』より『未来の夫』の方が大切なのだったから……。

幸せになる前に

王族である以上、恋愛ということは諦《あきら》めていた。

結婚は義務。

王女の嫁ぎ先は国の益になる者しか許されない。

たとえ相手が子供でも、老人でも、命じられたらそれで終わり。

だから、私が愛し愛されてローフェンと結婚できるということは、この上なく幸福なことだった。

ましてや、正式な婚約前に、こうして愛《いと》しい人と二人きりの時間を過ごすことができるなんて、夢のようだわ。

ヒバリ荘の一室で、私はその幸福を彼に告げた。

「つまり、あの時私がお前を見つけなければお前は見知らぬ男に嫁いでいたかもしれない、というわけか？」

ローフェンは不服そうに言った。

そんな顔をされても困るわ。

私が決めることではないのだもの。

「そうなっていたでしょうね」

「では、こうしてお前の手を取れるというのは、幸運な運命なわけだ」

「幸運な運命？」

「そうだ。あと少しでも私が出掛けるのが早かったら行き違っていただろう。けれど私達は出会えた。これは幸運だし、こうして結ばれることが運命だったのだ」

自慢げに言う彼に、私も同意を示した。

「そうね。お義姉様《ねえさま》がマルード湖を見たいと言ってくださらなかったら、この国を再び訪れることはなかったでしょう」

「では義姉上には感謝だな」

「ええ、本当に」

お兄様の許可を得て、私は毎日ヒバリ荘に来ていた。

滞在したかったのだけれど、それには反対されてしまった。

今のヒバリ荘には使用人がいないので、不自由だろうというのが建て前。実際は、婚約前に誰もいないところで二人きりで過ごすのは不味《まず》いということで、日中だけの通いしか許可されなかった。

それでも、二人きりの時間を持てるというのは嬉《うれ》しい。

朝食を終えてから、夕食までは誰にも邪魔《じゃま》されない時間だ。

何をするというわけではないけれど、今までのこと、これからのこと、『お母様』のお世話をしていた時のことなどを楽しく話した。

二人でボートに乗ったりもした。

乗馬も楽しんだ。

けれど、それも明日まで。

明日には、城から私の随行員がやってくる。

その者達を連れて、私は正式にローフェンの城へ向かう。彼の婚約者となるために。

表向きは新しい街道の話を提案しに行く特使として。

「私はやってきたフレデリカに一目惚《ひとめぼ》れして、求婚する」

「出来すぎじゃない？」

「そんなことはない。お前は一目惚れに値《あたい》する容姿なのだから、皆納得するぞ」

「でも、お城にはあなたに想《おも》いを寄せているお嬢さんもいるのではなくて？　突然現れた外国の女性は苛《いじ》められそうだわ」

「苛められて黙っているお前ではないだろう？」

これは褒《ほ》めてるのかしら？

それともからかわれているのかしら？

「それに、それを言うならお前の城にも、フレデリカを狙《ねら》っていた男がいるのではないのか？」

「そんなの知らないわ」

「憧《あこが》れの騎士などいなかったのか？」

からかう口調。

わかっているくせに。

そんな相手がいたらあなたを好きになどならないわ。

「そういう話を持ちかけられたことはないもの」

「社交界にはデビューしていたのだろう？」

「それは当然よ。社交界というか、子供の頃から公式の席には出ていたわ。あなたが心配している素敵な殿方とは、子供の頃から接していたわね」

意地の悪い質問をされたので、こちらから挑《いど》むように言ってみる。

思ったとおり、彼はムッとした顔をした。

「その中に憧れの人とかいたのか？」

「いたわ」

「誰だ？」

私の返事に勢い込んで彼は問い返した。

「ロックウェル卿《きょう》よ。騎士団の鑑《かがみ》よ。馬上の姿はとても素敵だったわ」

彼の顔がまた歪《ゆが》むのを見てから、タネ明かしをする。

「子供の頃は、絵物語の騎士ってこんな方だろうと思ったわ。今はもう素敵なオジサマになってしまわれたけど」

「子供の頃の話か？」

「そうよ。大人になってからは、誰もいないわ」

私は笑った。

「私があなたを好きになったのは、宮廷で会う方々のように、王女という私の立場を意識してお世辞を言ったり、取り入ろうとしないからよ。私の夫となって、お父様からの恩恵を受けようとする思惑が見えないから。つまり、私の周囲にはそういう人ばかりだったので、うんざりだったの。あなたもそうではなくて？」

「うむ……。確かに、『王子の相手』を狙っている女性達には辟易《へきえき》したな」

「私達はそういう立場なのだから仕方がないのだけれど、うんざりだわよね。だからどんなに素敵な方が現れても、心が動くことはなかったわ」

「お前の国の男達は見る目がなくてよかった。王女じゃなくても、フレデリカ自身の素晴らしさに気づかなかったとは」

彼は機嫌を直して私の肩を抱いた。

「ローフェンは決められた婚約者とかいなかったの？　王子ならば早くから決まっていても不思議はないけれど」

「いないな。そろそろ相手を選べとは言われていたが、私は結婚に興味がなかった」

「まあ、何故《なぜ》？」

「その説明をすると、またフレデリカが怒りそうだな」

「私が怒る理由なの？」

「うーん……」

彼は困った顔をした。

「怒ったりしないから、教えて」

「つまりだな……、父上のたった一回の過ちでヘソを曲げるなど、女は面倒だと思ったんだ」

「まぁ……！」

「怒らないと言っただろう」

それはそうだけれど。

「王妃というのは仕事だ。女性として腹立たしいのはわかるが、その務めを放棄するなんてよいことではない、と思っていた」

「思っていた？　過去形ね。今はどう思っているの？」

「誰かを愛するということは、心が狭くなるものだとわかった。もしもお前が他の男と浮気をしたらと考えると、怒りと嘆きにつつまれるだろう。男の私ですらそうなのだから、母上がショックを受けたのは理解できる。その上、娘を亡くしていたのならば、心を病まれて当然だ。今は母上を愛情深い方だと思っている。あのように愛情深い相手と結び付きたいと思うくらいに」

いい返事だわ。

「お母様のご様子はいかが？」

「とてもいい。父上が、正式に謝罪をしたからな」

「王が謝罪を？」

私が驚くのも無理はない。

王というものは軽々しく頭を下げるものではない。許すことはあっても謝罪することなどないのだ。

「ああ。過去の過ちに対して、自分が悪かったと認めなかったことが、多分一番の始まりだったのだろう。父上もそれに気づいて心からの謝罪をした。そして今も母上を愛しているから離縁しなかったのだと、ずいぶんと無駄な時間を過ごしたが、これからは共にいて欲しいと頼んだ」

「まあ……」

何でも命令できる立場の王が『頼む』だなんて。

「今はまだ公式の行事にまでは出席できないが、クレアが亡くなったことも受け入れ、父上と仲良くしているよ。まあ、その目で確かめるといい」

その言葉に私は頷《うなず》いた。

「そうね。今度こそ、『お母様』を本当のお母様と呼べる日が来るのですものね」

「明後日《あさって》お会いして、お前が『娘』となると知れば、きっと母上も喜ばれるだろう」

「私も、とても嬉しいわ」

私達は目を見交わして微笑《ほほえ》み合った。

「待ち遠しいわ」

「私もだ」

そしてキスを交わす。

偽りの兄妹《きょうだい》ではなく、婚約者となり、夫婦となる。

その日がもう近いのだと思うと、喜びが身体《からだ》に溢《あふ》れてくる。

辛《つら》く悲しんだ日々があっただけに、認められるという日が嬉しい。

ローフェンの隣に立つことを、誰にも咎《とが》められることはないのだ。そのことに罪悪感を覚えることもない。

「早く明後日になればいいのに」

私が言うと、彼も頷いた。

「ああ。お転婆な妹ではなく、美しい王女としてのお前に会うのが楽しみだ。上手《うま》く化けられなくても、私がフォローするから安心して来るがいい」

「まあ、失礼ね。見てらっしゃい。あなたを驚かすほど素敵に装《よそお》ってみせるわ」

「楽しみだ」

その時まで、あと少しの辛抱だった。


「初めてお目にかかります。レファの王女、フレデリカと申します」

薄青のドレスは胸元に銀糸の刺繍《ししゅう》、スカートは軽いジョーゼットを何層も重ねたもの。黒髪は結い上げ、深い青の石のついた小さなティアラを載せていた。

別荘から来るので、ローフェンは大した用意ができないだろうと気を遣って『上手く化けられなくても』なんて憎まれ口をたたいたのかもしれないが、お義姉様に付いてきた侍女が腕によりをかけて私を仕上げてくれたのだ。

何せ、私は名目上とはいえ『特使』。

国の面子《メンツ》がかかっているのだ。

誰よりも美しく、誰よりも優雅にしなくてはだめよ、とお義姉様に言われていた。

「よくいらした。当国に滞在中は、存分に楽しんでくれ」

「ありがたいお言葉、感謝いたします」

ローフェンのお父様は、確かにローフェンによく似ていた。

金色の髪と威風堂々としたたたずまい。

これならお若い頃にさぞモテたでしょう。

特使の私を迎える儀式には、多くの貴族達が列席した。

もちろん、若く美しい女性達の姿もあった。

けれど、お母様の姿はなかった。

「王妃は体調を崩していてここにはいないが、貴殿の来訪は歓迎するだろう」

「よろしければ、個人的にお話などさせていただきたいですわ。お美しい方だと伺っておりますもの」

「ではそのような時間を作るよう、命じておこう」

私が王妃様とお会いすれば、まだ公務をこなしていない王妃様を周囲に認めてもらうことにもなるだろう。

「では、歓迎の宴《うたげ》を。ローフェン、姫のお相手を」

私が王女として美しく装ったというならば、彼は王子として立派だった。

私のドレスに合わせたかのような、白に青と銀の飾りのついた礼服、腰には儀式用の飾りの剣。

これなら、私が彼を射止めたら、悲しむ女性が多いでしょう。

「どうぞ、フレデリカ姫」

他人行儀な口調で、彼が手を差し出し、その手を取るとフロアに導いた。

組み合って、音楽に合わせて踊り始める。

「とても美しい。見惚《みと》れるほどだ」

彼の言葉に、私は微笑んだ。

「あなたもよ。素敵な私の王子様だわ」

「ダンスの腕もなかなかだ。これなら、私達がお似合いだという評判を立てるには十分だろう」

「あら、あなたが私に一目惚れなのでしょう?」

「それはもう皆が気づいているだろう。お前を見る私の目をみれば、な」

その言葉どおり、彼の緑の瞳《ひとみ》は真っすぐに私を見ていた。

「この後、他の者と踊らせたくない」

「そんなことはできないわ」

「年寄りとだけ踊ればいい」

「それなら、あなたも若いお嬢さんと踊らないでいられる?」

「望むままに。何なら、もう一曲お前と踊ってもいい」

「それはみんなおかしいと思うわ」

「ダンスを申し込むのは男性と決まっている。続けて踊るのは私の意思だと皆が知るだろう。ちょうどいい」

「強引だわ」

「知らなかったのか？」

彼の笑顔に勝てるわけがない。

曲が変わってもローフェンは手を離さず小さなさざめきが起こる中、私達はもう一曲を踊り続けた。

皆の耳目《じもく》を集め、広いフロアの真ん中、シャンデリアの光に照らされ、私とローフェンが今日の主役。

でもこのまま最後までずっと踊り続けるわけにはいかないので、三曲目はお互いパートナーを変えた。

私のお相手は、ローフェン自らが譲ったこの国の宰相。

お年を召したその方は、私とローフェンのことをご存じだった。

「フレデリカ様には、我が国の宰相として感謝の言葉もございません。王の長年の憂《うれ》いを取り除いていただいた上、ローフェン様に喜びをもたらしてくださった。我々は姫を歓迎いたします。この上はなるべく早くこちらへおいでください」

彼はローフェンとの仲だけではなく、私が『クレア』を演じていたこともご存じのようだった。

「ありがたいお言葉ですわ。私も、早くこちらへ伺いたいと思っております」

本心だから、素直に言葉が出る。

それを受けて、宰相は満足げに微笑んだ。

パーティは和《なご》やかに進み、終始歓迎ムードだった。

何人かの女性が私に厳しい視線を向けたが、そういうものを無視するスキルはあるので気にはならない。

若い男性にダンスを申し込まれた時には、ローフェンのことが頭を過《よぎ》ったが、王女としての務めを放棄はできないので、彼には我慢してもらうことにしましょう。

それに、彼だってちらっと見た時には若い女性の手を取っていたし。

最後に、陛下が終宴を告げるまで、楽しい時間だった。

私達一行のために用意された部屋は、迎賓館ではなく、城の中。

これはレファの特使を特別扱いにしているというアピールと共に、もう一つの意図が隠されていた。

誰の、かは言うまでもない。

美しい部屋で、着替えもせずに椅子《いす》に座り、来訪者を待つ。

ノックの音に「どうぞ」と答えると、その人がドアを開ける。

「こんな夜更けに女性の部屋を訪れるのは失礼だと承知しているが、入ってもいいか?」

お城では、一応王子様としての礼儀を心得ているのね。

「許しますわ、どうぞ」

微笑んで迎え入れると、彼は部屋に入ってきて、私が座っている長椅子に腰掛けた。

ほんの数日前、ヒバリ荘でそうしていたように、私の隣が彼の定位置になっている。

「いよいよここまで来たな」

手が、私の手を握る。

「お前に王妃の資質があることを疑う者はいないだろう。両国のためにも、この結婚はよいことだと大臣達も歓迎していた」

「まあ、もうみんなに話したの？」

宰相だけではなかったのね。

「私が、じゃない。父上が話したのだ」

「まあ、陛下が？」

「父上は変わられたよ。長く母上を放っておいたことを反省し、母上が公務に出られなかったことは自分の責任だと宣言した。そして、私達が愛情をもって婚姻を結ぶことに賛成して欲しいと申されたのだ」

「まぁ……」

不義の話を聞いた時には酷《ひど》い方だと思ったけれど、もしかしたら陛下もずっと悩んでらしたのかもしれない。

自分の過ちのせいで愛する者を苦しめ、さらに娘を失いながら寄り添ってあげることができなかった。

王だから、公務を捨てて愛する者の側《そば》に行くこともできず。王妃だから、城に置けば公務をさせずそっとしておいてあげることはできない。

考えた末が、あのヒバリ荘だったのかも。

「あとはお前の国が私を受け入れてくれるかどうかだな」

「それは平気よ。お父様は私に甘いし、お兄様はもう私達の味方ですもの」

「『お兄様』か……」

彼は感慨深げに呟《つぶや》いた。

それから私をじっと見つめた。

「初めて、フレデリカが私の妹だと名乗って目の前に立った日を、私は一生忘れないだろう。お前が心優しい娘だったから、私達は出会った」

「あなたが、お母様を想ってヒバリ荘に留まってくれたから、私達は愛し合ったのよ」

本当に、さまざまな奇跡の積み重ねで、自分達はこうしているのだ。

それを運命と言うのは正しいかも。

「母上にはもうヒバリ荘は必要ないだろうが、あそこは特別な場所として残しておこう。

私達が使おう」

子供部屋は改装し、夫婦の部屋として、私達が使おう」

彼の提案に、私は手放しで喜んだ。

「それは素敵な考えだわ」

そうだろうというように、彼が頷く。

彼の顔がふっと近づき、キスを贈る。

キスは軽いものだったが、顔は離れず、息がかかるほど近い距離のままだ。

「今はまだ私達が婚約者でも夫婦でもないのが残念だ」

額が、コツンと当たる。

「けれど私達がどのような立場であっても、恋人であることには変わりがない」

「……ええ」

「ではキスは許されるな」

と言いながらまた唇を奪われる。

今度は深く、長く。

私の身体の中に炎を灯《とも》すように。

握り合っていた手が解け、彼の腕が私を抱き締める。

もう何度も抱き合ったのに、まだ彼の腕に包まれると胸が騒ぐ。

彼も同じ気持ちなのか、唇を離すとこう言った。

「こうしてお前に口づけると、これが本当のことなのかと疑いたくなってしまう。一度この手を擦り抜けていった宝物が、本当に戻ってきたのかと」

「本当よ。私はここにいるわ」

「ずっと?」

またコツンと額が当たる。

「ええ、ずっと」

もう一度唇が重なる。

愛しいというより、確かめるように。

ああ、だから何度しても物足りないのね。

キスだけでは、私達がずっと一緒という確証にはならないから。

きっと結婚式を挙げるまで、私達は沢山、沢山キスをするのだわ。

そして式を挙げたら……。

もっと別の方法で、二人が一つになる悦《よろこ》びに浸《ひた》るのだわ。

「離れたからこそ強くなる愛情もあるのだな。父上のお気持ちが身に沁《し》みる」

「まあ、あんなに長く離れるのはいやよ」

「安心しろ。私がそんなことは許さない。その原因を作らぬ自信もあるが、万が一そうなったら、二人でヒバリ荘にでもこもるさ」

「こもってどうするの？」

「一からやり直す。お前が失敗しても、私が失敗しても、もう一度出会ったところからやり直して。もう一度恋をする。そして割り込んできたものを追い出して、お互いでいっぱいにする。何度でも」

「……嬉しいけれど、何度もあったら困るわ」

「では、私だけを見ていろ。私もお前だけを見ると約束するから」

それを誓うように、もう一度彼はキスした。

「……やはりキスだけでは物足りないな」

とぼやきながら。

あとがき

皆様、初めまして。もしくはお久し振りです、火崎勇《ひざきゆう》です。

この度は『お兄様の花嫁』を手にとってくださり、ありがとうございます。

イラストの篁《たかむら》ふみ様、素敵なイラストありがとうございます。担当のS様、色々ありがとうございました。


ここからネタバレありますので、お嫌な方は本編後にお読みください。

さて、今回のお話、いかがでしたでしょうか？

少しは騙《だま》されてくださいましたか？

謎《なぞ》の妹と謎の兄。秘密だらけのヒバリ荘。

誰がどんな立場にあるのかを隠したまま家族を続けていたけれど、最後には本当の家族になったわけです。

両親と兄妹《きょうだい》ではなく、親夫婦と息子夫婦という立場で。

浮気したお父様《とうさま》は物凄《ものすご》く後悔してるので、許してあげてください。仕事が辛《つら》くて、でも身重の奥様に泣き言が言えなくて、魔《ま》が差してしまったのです。

でも王様だから簡単に謝れなくて、娘のことがあったから謝ろうと思ったら奥様は心の病になっていて、そっとしてあげるのが精一杯だったのです。

でも、お城へ連れ戻してからは、もうラブラブ。今まで優しくしてあげられなかった分、べったりです。

これからはローフェンがいるので、時間も作れるでしょうし。

そして主人公の二人ですが、これからどうなるでしょう?

公式的には、ローフェンがフレデリカに一目惚《ひとめぼ》れということにして、乞《こ》われた形でフレデリカは特使としてお城に滞在。

すぐに婚約して結婚となります。

が、やはりその滞在中には、お城でローフェンをねらっていた女性達から色々されることも。

また、婚約前にはお城の男性や、フレデリカの国や他国の男性達から言い寄られたりして、ローフェンも心穏やかではないでしょう。

フレデリカは女性達と戦うことはできるでしょうが、今後のことを考えると戦うわけにはいかなくて困ってると、元気になった王妃様が『私の娘に何をするの』とか言って出てきてくれそう。

ただ妻を母親に取られそうな予感がして、ローフェンは複雑でしょうが。

そして言い寄る男が現れたら……。

愛し合ってる自信があるので、慌てはしませんが、あんまり執拗《しつよう》な男が現れると、ローフェンは本人や周囲に確認もせず、すぐに婚約発表しちゃう。そしてさっさと結婚してしまうでしょう。

二人でゆっくりヒバリ荘に、なんて言っていましたが、結婚したらお父様達はさっさとローフェンに王位を譲り、両親の方がヒバリ荘でのんびり暮らすことになるかも。

それでは、そろそろ時間となりました。また会う日を楽しみに。皆様、御機嫌好《ごきげんよ》う。

＊本作品はフィクションであり、実在の個人・団体・事件などとは一切関係がありません。

『お兄様の花嫁』、いかがでしたか？

火崎《ひざき》 勇《ゆう》先生、イラストの篁《たかむら》 ふみ先生への、みなさまのお便りをお待ちしております。

火崎 勇先生のファンレターのあて先
〒112-8001 東京都文京区音羽２－12－21 講談社 文芸第三出版部「火崎 勇先生」係

篁 ふみ先生のファンレターのあて先
〒112-8001 東京都文京区音羽２－12－21 講談社 文芸第三出版部「篁 ふみ先生」係

N.D.C.913　252p　15cm

火崎 勇（ひざき・ゆう）
東京都在住　1月5日生
愛煙家で趣味はジッポーのオイルライター集め
BL・TL等で著作多数

講談社X文庫

white heart

お兄様《にいさま》の花嫁《はなよめ》
火崎《ひざき》 勇《ゆう》
●
2019年2月1日　第1刷発行

定価はカバーに表示してあります。
発行者──渡瀬昌彦
発行所──株式会社 講談社
東京都文京区音羽2-12-21 〒112-8001
電話 編集 03-5395-3507
販売 03-5395-5817
業務 03-5395-3615
本文印刷─豊国印刷株式会社
製本──株式会社国宝社
カバー印刷─豊国印刷株式会社
本文データ制作─講談社デジタル製作
デザイン─山口 馨

ISBN978-4-06-514632-3